兄の名は、ジェシカ

my brother's name is JESSICA

ジョン・ボイン

原田 勝 訳

兄の名は、ジェシカ

目次

1 奇《き》妙《みょう》な午後 6

2 いやなやつ 30

3 湖水地方で 58

4 金魚とカンガルー 90

5 ポニーテール 124

6 ブルースター一家 149

7 ローズおばさんの家 177
8 裏切り 213
9 見せかけの男らしさ 233
10 険しい道を登りつめて 256
謝辞 267
作者あとがき 268

イラストレーション／一乗ひかる
ブックデザイン／城所潤+大谷浩介（ジュン・キドコロ・デザイン）

マヤとエイヴァ、わたしの姪《めい》たちに

1 奇妙《きみょう》な午後

ぼくの兄さん、ジェイソンの額《ひたい》には、左の眉《まゆ》とほぼ平行に走る傷あとがある。その傷ができたいきさつを、ぼくは何度も聞かされてきた。ぼくが生まれた時、ジェイソンは四歳《さい》で、それ以前、記憶《きおく》をたどれるかぎり小さい時から、弟か妹か犬がほしいと言っていたのだが、そのたびに両親は、だめ、と答えていたらしい。

「子どもは一人でたくさんだ」お父さんはゆずらなかった。「ただでさえ、この惑星《わくせい》には人間が多すぎる。知ってるか？　となりの通りに住んでる一家には、六歳《さい》にならない子どもが七人いるんだぞ」

「そんなわけないじゃん」ジェイソンは言いかえしたそうだ。まだ四歳《さい》だったのに、世の中のことがいくらかわかっていたんだろう。

「双子《ふたご》が二組いるのさ」お父さんはにっこり笑って答えた。

「それに、犬を飼ったら、毎日散歩させなきゃならないでしょ」お母さんもたたみかけた。「散歩はぼくがやる、って言うかもしれないけど、今はそう言いはっても、結局、手間のかかることはみんな、お父さんかわたしがすることになるのはわかってるのよ」

「でも――」

「それに、そこら中、汚《よご》すだろうしな」お父さんが言った。

「どっちが？」ジェイソン兄さんはききかえした。「犬、それとも赤ちゃん？」

「どっちもだ」

お母さんとお父さんが、これ以上家族をふやす気はないと、あんまりきっぱり言ってたものだから、ある日、二人が兄さんをすわらせて、「ようやくおまえの願いがかなうぞ。半年したら、この家に赤ちゃんがやってくる」と告げた時には、それはもうびっくりしたにちがいない。そして、なんでも、興奮のあまり裏庭に走りでて、二十分間、絶叫《ぜっきょう》しながら走りまわったあげく、頭がくらくらしてころんでしまい、庭においてあった小人の置物に頭をぶつけてしまったんだそうだ。

でも、それで傷あとが残ったわけじゃない。

じつは生まれた時、ぼくには問題があった。心臓に穴があいていて、お医者さんたちは、そう長くは生きられないと思ったらしい。穴は針の頭くらいの大きさしかなかったけど、赤ちゃんの心臓はピーナッツくらいしかないから、それでもかなり危険なことがある。ぼくは何日か保育器に入れられたあとで手術室に運ばれ、外科医の先生たちがぼくの悪いところを治そうとしてくれた。その時、ジェイソン兄さんは、オペア（家事や子守《こもり》を手伝う住みこみの留学生）と家にいて、心配のあまり大泣きした勢いで椅《い》子《す》から落ち、ソファの前のテーブルに頭をぶつけてしまった。

でも、それで傷あとが残ったわけでもない。

お医者さんたちはお母さんとお父さんに、次の週が山でしょうと言ったのだけれど、二人とも、いつもとても大事な仕事をかかえているので、ずっとぼくについていることができず、交代で病院につめていた。お母さんは、今は閣僚《かくりょう》だけど、当時はふつうの国会議員で、お父さんはその前からずっと、そして今もお母さんの私設秘書をしている。お母さんは、午前中、国会が始まる前に来てくれていたが、しょっちゅう打ち合わせに呼びだされていた。お父さんは午後になってから来るけれど、あまり長居する気はなくて、なぜなら、お父さんの言う「進展」があると、大急ぎでウェストミンスターにある国会議事堂にもどらなきゃならなかったからだ。でも、兄さんのジェイソンは、手術が終わった日の夜に初めてつれてこられて、その時はまだ四歳《さい》だったのに、ぼくを見ると、家には帰らないと言いはり、大騒《おおそう》動《どう》になったらしい。結局、看護師さんたちがベビーベッドを部屋にもちこんでくれ、ぼくの保育器のとなりにならべて、兄さんはそこで寝《ね》ることになった。

「赤ちゃんも、だれかがそばで見てくれているのがわかるかもしれないわ」看護師さんが言った。「別に害にはならないし」

「ここなら、ジェイソンが泊《と》まっても安心ね」お母さんは言った。

「それに、オペアに割増料金をはらわなくていい」お父さんはつけくわえた。

ところが、それから何日かたった夜のこと、ぼくを生かしてくれていた機械のひとつから、いつもとちがう音がしはじめ、怖《こわ》くなったジェイソンは、あわててベッドからおりてお医者さんをさがしにいこうとしたのだが、部屋が暗くて、点滴静脈《てんてきじょうみゃく》注射とかいうやつのスタンドについていたコードにひっかかってころんでしまった。すぐに看護師さんがやってきたが、その時には、ぼくはすやすやと眠《ねむ》っているのに、兄さんは床《ゆか》に倒《たお》れてぼうっとしていて、ころんだ時に切った左の眉《まゆ》の上から、血がどくどくと流れでていたそうだ。

「弟が死んじゃうよ！」兄さんは、看護師さんに傷のぐあいを診《み》てもらいながら、そう叫《さけ》んでいたらしい。

「サムは死んだりしないから」看護師さんは言った。「見てごらんなさい、なんでもないでしょ。ぐっすり眠《ねむ》ってるわ。でも、あなたは傷口を縫《ぬ》わなきゃ。さあ、このタオルで傷を押《お》さえて。わたしたちの部屋へ行きましょう」

でも、ジェイソンは、なにか恐《おそ》ろしいことがぼくの身に起きていて、一人にしたらとりかえしのつかないことになると思いこんでいた。だから、絶対にここを動かないと言いはったらしい。結局、兄さんの傷はその場で縫《ぬ》いあわせなければならず、しかも、その看護師さんは新米だったようで、あまり上手に縫《ぬ》えなかったのだそうだ。

こうして、傷あとが残ったというわけ。

ぼくは前から、あの傷あとが大好きだ。なぜって、見るたびに今説明したようないきさつや、ぼくのぐあいが悪い時、兄さんが、どうしてもそばにいたいと言ってくれたことを思いださせてくれるから。あの傷は、ジェイソンがこれまでずっと、ぼくを愛してくれてきた証拠《しょうこ》だ。ジェイソンが髪《かみ》を伸《の》ばしはじめ、しかも前髪《まえがみ》をたらすのが好きだったので、以前ほど傷あとが見えなくなってしまったけれど、傷がそこにあることはわかっていた。そして、その傷にはどういう意味があるのかってことも。

ぼくが思いだせるかぎり幼いころから、ジェイソンはぼくの面倒《めんどう》をよく見てくれていた。もちろん、オペアはいた。しかも、たくさん。なぜなら、お母さんはいつも、有権者を第一に考えなきゃならないと言っていたからだ。そうしないと次の選挙で対立候補に票が流れ、そうなったらこの国はめちゃくちゃになってしまうだろうと。お父さんは、お母さんがこの険しい道を登っていくためには、選挙に常に圧勝することが大事だと言っていた。

「ただ勝つだけでなく、大勝利をおさめれば、党にいい印象を与《あた》えられるんだ」と。

オペアの大半は、自分たちは母国で大学を出て学位もとっているし、オペアとしての権利もわかっている、奴隷《どれい》のようにこきつかわれるのはいやだと言って、長く勤めてくれなかった。そしてお母さんは決まって、そんなに高い教育を受けているのなら、奴隷《どれい》は報酬《ほうしゅう》をもらえないのに、自分はもらってることに気づくはずでしょ、と言い、今度はお父さんにむかって、「こういう人たちは、デモに出かけていってなんにでも反対するくせに、自分では指一本動かす気もないのよ」と言うのだった。すると議論が始まり、医療《いりょう》制度の破綻《はたん》から中東和平の話まで、途中《とちゅう》、地下鉄の値上げや核軍縮《かくぐんしゅく》のことに寄り道しながら話が続いていく。

時には、お母さんたちとオペアが折りあうこともあったけれど、二、三週間もするとまた言い争いが始まり、この仕事に応募《おうぼ》した時の募集《ぼしゅう》広告をさがしだしてきた女子学生（一度は男子学生だった）は、ここには親の服のアイロンがけや庭の草むしり、プライベートな時間に部屋でテレビを見ながらする何千枚もの選挙用チラシの封筒《ふうとう》づめのことは書いてない、と主張するのだった。すると、お母さんはたいてい「その他家事全般《ぜんぱん》」という一行を指さし、どなりあいが始まる。「気にいらないのなら、いつでも出ていっていいのよ」という決めぜりふが飛びだすと、今度はお母さんとお父さんの口論が始まる。なぜなら、お父さんの言い分では、次のオペアを見つけるにはものすごく時間がかかり、それまで自分は、

「あの手のかかる子どもら」の世話で家から出られなくなるからだ。するとお母さんは、「あら、あなたは、この人のお尻《しり》をながめていたいからくびにしたくないんでしょ」――あくまでお母さんのいつものせりふで、ぼくはそのとおりに言ってるだけだ――と言いかえし、結局、オペア本人が待遇《たいぐう》改善を求めてストライキに入ると宣言し、お母さんは、そういうことなら、荷物をまとめて明日の午後までに出ていってちょうだい、せいせいするわ、と言うのだ。

こうして、オペアたちはまるで季節のように、来ては去ってゆき、ぼくはオペアとなかよくなっても時間のむだだと悟《さと》った。そして、ぼくが十歳《さい》になるころには、兄さんのジェイソンはもう十四歳《さい》だったので、お母さんはもうオペアはいらない、ジェイソンが毎日ぼくを学校から家につれてかえればいいし、サッカーの練習がある時は、ぼくは終わるまでスタンドにすわって宿題をしてなさい、と言った。兄さんはこれを聞いて、いいけど、オペアがもらっていたのと同じだけのお金をもらえるのか、とたずねた。するとお父さんは、おまえは家賃もはらわずにこの家に住み、うちのごはんを食べ、サッカーのスパイクや用具で家を汚《よご》してるんだから、それで五分五分ってことにしようじゃないか、と言った。

サッカーの上手な人はあちこちにいると思うかもしれないが、マジで、ぼくはジェイソン兄さんよりうまいやつを見たことがない。兄さんはよちよち歩きの時からサッカーを始め、九歳《さい》になるころにはもう、アーセナルのアカデミーのトライアルを受けたものの、まだ早い、一年後にまた来てほしい、と言われた。十二か月後に行ってみると、コーチは、一年のあいだに急速に力がついたので、本人にその気があるなら迎《むか》えいれる用意があると言ってくれた。ところが、だれもが驚《おどろ》いたことに、ジェイソンはその誘《さそ》いを断った。そして、学校でサッカーをするのは好きだけど、サッカーばかりやりたくないし、大きくなって、プロのサッカー選手になるのはごめんだ、と言ったのだ。

「なにばかなこと言ってるの？」お母さんは、前の年に入団を断られた時、アカデミーの責任者と派手な口論になって、クラブへの補助金のことにふれてそれとなく圧力までかけていた。「おまえに才能があるのはまちがいないわ。お母さんは、今までずっとおまえのことを見てきたし、クラスのだれより上手じゃないの。いつだって、ほら、ボールを蹴《け》れば、ネットの中に入るし……まあ、いつもじゃないかもしれないけど……」

「この先、七、八年はやってみる、って約束するだけでもいいんじゃないのか？」お父さんが提案した。「そんなに長い期間じゃないだろう。高校を卒業するまで続けてみて、将来のことはそれからちゃんと決めればいい。おまえがプロサッカーチームと契約《けいやく》すれば、お母さんのイメージもぐっとよくなる。有権者にも好印象だ」

「そこまでしたくないいんだ」兄さんはゆずらなかった。「楽しむためにやるのがいいんだよ」

「楽しむ？」お父さんは兄さんのことを、まるで外国語でも話しはじめたみたいな目で見た。「おまえはもう十歳《さい》なんだぞ、ジェイソン！　人生は楽しむものだと、本気で思ってるのか？」

「うん、思ってる」

「ジェイソン、自分の悪いところはどこかわかってる？」お母さんは、爪《つめ》にヤスリをかけながら新聞に目を通していた。ジェイソンは首を横にふった。

「ううん。なに？」

「おまえはわがままだわ。いつも自分のことしか考えてない」

ぼくはその時まだ六歳《さい》で、だまって部屋の隅《すみ》にすわっていたのだけれど、お母さんの言ったことは事実とまったくちがうとわかっていた。なぜって、ぼくの知るかぎり、ジェイソンほどわがままじゃない人はいなかったからだ。

「どうして有名なサッカー選手になりたくないの？」ぼくは一度、そうきいてみたことがある。その時、ぼくは兄さんのベッドに寝《ね》そべり、兄さんはぼくのためにCDをかけながら、それぞれの曲のどこがすばらしいのか説明し、おまえは音楽の知識をふやして、くだらない曲を聴《き》くのをやめなきゃいけない、とぼくに言いきかせていた。部屋を見まわすと、たしかに壁《かべ》にはサッカー選手の写真が貼《は》ってあったが、オーストラリアの風景写真や映画『シュレック』のポスターも貼《は》ってあり、それは兄さんが、大陸やアニメの怪物《かいぶつ》になりたいから、なんてはずもなかった。

「どうしてもさ」ジェイソンは肩《かた》をすくめて言った。「サム、なにかが得意だからって、死ぬまでそれをやりたいと思うとは限らないだろ。ほかにもやりたいことが出てくるかもしれないじゃないか」
なるほど、たしかにそうだ、とぼくは思った。

去年、ぼくが十三歳《さい》の時、学校の授業で、土日のあいだに、「わたしがもっとも尊敬する人」という題で作文を書いてくる、という宿題が出た。すると、七人の女子が、ウィリアム王子と結婚《けっこん》したケイト・ミドルトンのことを書き、五人の男子がサッカー選手だったデイヴィッド・ベッカム、三人の男子がアイアンマンについて書いた。あとは、女王様や作家のジャクリーン・ウィルソン、アメリカ大統領だったバラク・オバマなど、いろいろだった。ぼくの宿敵デイヴィッド・フューグは、同じ通りに引っ越《こ》してきた日から、こっちは歓迎《かんげい》しようと思っていたのに、それ以来ずっと、容赦《ようしゃ》なくぼくをいじめていたやつで、この時は北朝鮮《きたちょうせん》の最高指導者キム・ジョンウンのことを書いてきた。この授業の担当はラウリー先生という男の先生で、キム・ジョンウンが模範《もはん》にすべき人物ではない理由をこれでもかというくらいたくさんあげてみせた。するとデイヴィッドは、ラウリー先生の話が終わるのを待って、口に気をつけないと、先生もそのうち大変なことに巻きこまれるかもしれませんよ、と言った。そして、自分は毎晩キム・ジョンウンとインターネットでゲームをしていて、とてもなかよくなっているから、ひとこと言えば、先生もそのうち、暗くなってから家に帰る途中《とちゅう》でありがたくない事故にあうかもね、と続けた。先生はこの話を冗談《じょうだん》ではすまさず、デイヴィッドは保護者あての手紙をもたされ、翌日には黒板の前に立たされて、授業中に軽い気持ちで暴力をほのめかしたことをあやまるはめになった。
この宿題で有名人のことを書かなかったのは、ぼくだけだ。ぼくは兄さんのジェイソンのことを書いた。

ぼくが作文に書いた五つのこと

① ぼくがまだ赤ん坊《ぼう》だったころ、ジェイソンの額《ひたい》にどうして傷ができたのかという話。ただし、ぼくはうそをつき、心臓には今も穴があいていて、なんの前ぶれもなく、いつ死ぬかわからないと書いておいた。お医者さんたちが治してくれたから、これはほんとうのことじゃないけれど、おかげでみんなが同情してくれたのはたしかだ。

② ぼくが車にひかれそうになった時、ぎりぎりのところでジェイソンがぼくを突《つ》きとばし、命を救ってくれた話。車を止めておりてきた運転手がぼくをどなりつけたので――そこは横断歩道だったから、どう見てもむこうが悪かったのだが――、兄さんは、捕《つか》まえたら殺してやるぞくらいの勢いで、男を車に追いかえした。

③ ジェイソンがサッカー部のキャプテンで、その気があればプロ選手になれたのに、ほかにやりたいことがたくさんあったこと。
④ ジェイソンが、みんなが学校一の美人だと思っているペニー・ウィルソンとつきあってること。
⑤ うちの前の通りを少し先へ行った家で飼われている獰猛《どうもう》な犬、ブルータスが、ぼくを生きたまま食べそうになった時、ジェイソンがどうやって助けてくれたかという話。この犬はいつも、まるでぼくが地球上で一番おいしいごちそうだと思っているみたいに、ぼくを見るとよだれをたらしはじめる。

ぼくが作文に書かなかった五つのこと

① つい二、三週間前、ジェイソンがお母さん、お父さんとものすごい言い争いをしたこと。兄さんは、二人がほとんど家にいなくて、ぼくらよりお母さんの仕事を優先しているのはおかしい、自分にもやらなきゃならないことがあるんだから、いつまでも弟の世話ができると思ってもらっては困る、と言った。自分が大学へ行ったらどうするんだ、と。ところがお母さんが、そのころには、サムは一人でなんでもできるようになっている、と答えたものだから、ジェイソンはお手上げだ、というように両手を上げ、「やってられないや」と言って部屋にこもり、それから丸一

日、だれとも、ぼくとさえも口をきこうとしなかった。

② ジェイソンはフェイスブックも、ツイッターも、インスタグラムも、スナップチャットもやってないこと。なぜかというと、だれもが四六時中携帯《けいたい》を見ながら歩きまわり、写真を撮《と》るためだけにいろんなことをやっていて、なにも本気でやってないことにがまんならないからだ。

③ その前の週、ノックしないでジェイソンの部屋に駆《か》けこんだら、ちょうど兄さんはペニー・ウィルソンとキスしているところだったこと。そのあとぼくは、テニスラケットをもったジェイソンに追いはらわれた。

④ ジェイソンが、十八になったら、お母さんの党じゃないほうの党に投票するつもりだと言ったこと。なぜなら、お母さんの仲間はみんな腐《くさ》っていて、党に所属しているのは自分自身のためでしかないからだ、と。

⑤ ジェイソンが、何か月か前からブロンドの髪《かみ》を長く伸《の》ばしはじめ、しかも、あの変な段カットにしていたこと。みんな、そしてぼくも、あれはちょっと女の子っぽいと思っていた。

友だちの中には、ぼくがあんなふうに自分の兄弟のことをとりあげて書いたものだから、少しとまどったやつもいたみたいだけど、ジェイソンはほんとうにぼくが一番尊敬する人なんだから、作文に書くのは当然だと思っていた。ぼくがいてほしいと思った時はいつも、ジェイソンはいてくれた。ぼくが小さかったころ、悪い夢を見るといつも、ジェイソンは自分のベッドにぼくをもぐりこませてくれ、なにも心配いらないよ、と言ってくれた。ぼくが字を読むのに苦労しはじめ、お父さんが、これは調べてもらわないといけないと言いだし、その結果、難読症《しょう》という、文字がうまく読めない障害だとわかると、兄さんのジェイソンは、毎晩ぼくのとなりにすわって宿題を手伝ってくれた。言葉や文字がページの上でめちゃくちゃに踊《おど》りだすように感じて、ぼくがどんなにいらついても、ジェイソンは絶対にかっとなったりせず、お父さんのように「そこに書いてあることを読めばいいだけじゃないか！」とどなったりすることもなくて、いつも変わらず、そのうちうまく読めるようになるさ、手伝ってやるから、いつもそばについいててやるよ、兄弟だもんな、二人の仲を裂《さ》けるものはない、と言ってくれた。

そしてぼくも、兄さんの言葉を信じてた。

ジェイソンが秘密をうちあけてくれる一年半くらい前から、ぼくは、兄さんはどこかおかしいと思っていた。ジェイソンはまだ、ぼくの一番の親友だったけれど、ぼくに対して、いや、家族のだれに対しても、少し距離《きょり》をおくようになりはじめ、ときどき部屋にこもって、何時間もドアをあけてくれないことがあった。それまで、なにをするにも、ぼくを仲間はずれにするようなことはなかったから、ぼくはそういうのがいやでたまらなかったが、何回ドアをノックしても、ジェイソンは、あっちへ行け、一人にしといてくれ、とどなるだけだった。

一度、学校から帰ってみると、兄さんがベッドの上で泣いていたので、ぼくはどうすればいいかわからなかった。いつもと立場がすっかり逆転してしまったからだ。それまでは、ときどき悲しくなるのはぼくのほうで、とくに、うまく字が読めなくてからかわれた日などはそうだったし、ジェイソンはいつも、ぼくをはげましてくれる役まわりだった。でも、そばにいてあげたくないわけじゃなくて、ただ、それまでいつもぼくは弟だったのに、どうしたら兄さん役になれるのかわからなかっただけだ。そういうジェイソンを見て、ぼくは怖《こわ》くなった。どうしたの、とたずねると、体を起こした兄さんの顔を見て、長いあいだ泣いていたのだとわかった。頬《ほほ》が赤くて、目はすっかり腫《は》れぼったくなっていた。

「なんでもない」ジェイソンは答えた。

「そんなわけないよ。泣いてたじゃないか」

「自分の部屋へ行くんだ、サム。たのむよ。このことは、しゃべりたくないんだ」

なにを言ったらいいか、どうすれば助けられるのかわからなかったので、ぼくは言われたとおりにした。

「思春期だからな」お父さんにきくと、そう言われた。「子どもをもって一番やっかいなのがこれさ。みんなそのうち思春期を迎《むか》える。ひと晩のうちに子どもから大人になってくれるのなら、なにもかも、ずっと簡単なのに」

「でも、兄さんは部屋にこもってなにしてるんだろう？」

「考えたくもないな。いいか、放っておくのが一番って時もあるんだ」

「ジェイソンは、どこか変わったような気がしない？」

「どこが？」

「よくわからないけど、前より物静かになったし、怒《おこ》りっぽくなった気もする。しょっちゅういらいらしてるし」

「お父さんに言わせれば、ジェイソンが変わったのは髪《かみ》の毛だけだ。切れって言ってるのに、頑《がん》として切ろうとしない。あんなふうに肩《かた》にかかっていたら、どんなにみっともなく見えるかわかってないらしい。まるで、今はまだ一九七〇年代で、自分はＡＢＢＡ《アバ》（世界的な人気があったスウェーデンのポップグループ）のメンバーだった金髪《きんぱつ》の女性だと思ってるみたいじゃないか」お父さんはふと口をつぐむと、なにか妙《みょう》な記憶《きおく》がよみがえってきたみたいに、にやにやと笑った。そして、ため息をもらし、遠くを見るような目つきになった。

「お父さん！」ぼくの声で、お父さんは、はっとわれに返った。

「すまん。じつは……おまえくらいの歳《とし》のころ、お父さんにとって、ＡＢＢＡ《アバ》のアグネッタは特別な存在だったんだ。それはともかく、正直言って、ときおり、ジェイソンが寝《ね》つくのを待ってハサミ片手に部屋に入り、あの髪《かみ》を切ってしまいたい気分になるよ」

「どこかおかしいんだよなあ」ぼくは言った。「なんていうか……」

「なんだ？」むきなおったお父さんの顔に、一瞬《いっしゅん》、心配そうな表情が浮《う》かんだ気がした。それまで、あまり見たことのないような表情が……。

「ぼくにわかるのは、今までのジェイソンとちがうってこと。なにかで悩《なや》んでるんだよ。なにか大切なことで。それはわかるんだ」

「おいおい、なに言ってるんだ、サム」お父さんはそう言って、またコンピュータのほうをむいてしまった。画面には同じ政党の国会議員のリストがひらいてあって、名前の横に緑のチェックマークがついているものもあれば、赤いバツ印や黄色いクエスチョンマークがついているものもあった。「人はみな悩《なや》みをかかえているものだ。どうせなら、この連中が、いざという時にだれの支持に回るのかで悩《なや》むほうがましだ。お父さんがおまえだったら、ジェイソンの心配はしないだろう」

「でも、ぼくは心配なんだよ！」

お父さんはふりむき、ぼくと視線を合わせたが、目をそらすのが一瞬《いっしゅん》おくれた。

「お父さんも気づいてるんだね？」

「いいや」

「うそだ！」ぼくは食いさがった。「顔に書いてあるじゃないか」

「なにも気づいてなんかない」お父さんは語気を強めた。「さあ、じゃまをしないでくれ。仕事があるんだから」

「気づいてるんだ……」ぼくはつぶやきながら、その場をはなれた。

でも、「奇妙《きみょう》な午後」として思いかえすようになる、ある日の午後の出来事ほど、ぼくを不安にさせたことはなかった。いつもより早く学校から帰り――水泳の練習があるはずだったのに、まだ七歳《さい》の一年生がプールにおしっこをして、練習が中止になってしまったのだ――、玄関《げんかん》に鍵《かぎ》をさし、回してロックをはずしたとたん、キッチンからジェイソンの大声が聞こえてきた。

「だれだ？」と、兄さんがどなったが、その声には、一瞬《いっしゅん》、体が凍《こお》りつくような響《ひび》きがあった。ぼくはそれまで、あんなに不安そうなジェイソンの声を聞いたことがなかった。

「ぼくだよ」床《ゆか》にカバンを投げだすと、ぼくは冷蔵庫の中身を確かめようと廊下《ろうか》を歩いていった。

「動くな！」ジェイソンがどなったので、ぼくはマンガの登場人物のように、床《ゆか》に着きそうだった足を、文字どおり空中で止めた。

「どうしたの？」

「なんでもない。とにかく、そこから動くんじゃない。わかったな？　いや、階段をおりて、お母さんの仕事部屋へ行け！」

ぼくはわけがわからないまま一歩うしろに下がり、地下室に続くドアをちらりと見た。あそこへは入っちゃいけないことになっている。絶対に、だ。お母さんは、それはわたしの聖域をおかすことになるし、あの部屋には国家機密にあたるものもあるから、と言う。ぼくは一度、核《かく》ミサイルを発射するための秘密コードもあるのか、とたずねたことがあるが、お母さんは笑って首をふり、まだよ、サム、今はまだないわ、と答えたのだった。

「でも、お腹《なか》がへってるんだよ」ぼくは言った。「サンドイッチが食べたいだけなんだ」そう言っても、ジェイソンはまたどなりかえしてきて、しかも今度は、声に怒《いか》りと恐怖《きょうふ》がまじっているみたいで、背筋が寒くなった。

「サム」ジェイソンはどなった。「とにかく、今すぐ、地下のお母さんの仕事部屋へ行け。聞こえてるか？　リビングにもキッチンにも、一歩も入ってくるな。地下室へ行って、迎《むか》えに行くまでそこにいろ。さもないと、おまえとは二度と口をきかないぞ。二度とだ。死ぬまでしゃべらないからな。わかったか？」

顔から血の気が引いていくのがわかった。ジェイソンは、それまでぼくにむかってそんなしゃべり方をしたことはなかったし、二度と口をきかないなんて言っておどすこともなかった。ぼくは怖《こわ》くなり、同時に、なにがなんだかわからなくなった。まさか強盗《ごうとう》が押《お》しいって、兄さんに銃《じゅう》を突《つ》きつけているから、入ってくるなと言ってるんじゃないよな？　警察に電話しようか……。

「たのむよ、サム」少しして、またジェイソンの声が聞こえたが、今度は少しおとなしい、でも、今にも泣きだしそうな声だった。「とにかく、言うとおりにしてくれないか。たのむ。すぐに呼びにいくから。約束する」

というわけで、ぼくは地下にあるお母さんの仕事部屋へ行き、ここに入ったことがばれるといけないから、なんにもさわらないように気をつけて、ただじっとすわって待っていた。二十分近くたったころ、上でドアがあく音がして、上がってきていいぞ、という兄さんの声が聞こえてきた。

「悪かったな」ジェイソンは言ったが、ぼくと目を合わせられなかった。じっと様子をうかがってみても、いつもとちがうことが起きたばかりだという感じはまったくなく、ぼくはわけがわからないままだった。「ちょうど、宿題で出されたものすごくむずかしい問題が、もう少しで解けそうだったから、じゃまされたくなかったんだ」

ぼくはだまっていた。兄さんがうそをついているのはわかったが、それ以上追及する気はなかった。なにもかも、あまりに奇妙《きみょう》だった。でもすぐに、そうか、そうにちがいない、と思った。兄さんの部屋に女の子がいて、それがペニーじゃなくて、ほかのだれかだったんだろう。そして、それをばらされると困るから、ぼくに知られたくなかったんだ。だって、ジェイソンの唇《くちびる》にはうっすらと口紅が残っているみたいだったし、かすかに香水《こうすい》のにおいがしてたんだから。

ジェイソンがぼくたちに秘密を明かした夜、お母さんとお父さんはそろって家にいたのだが、そもそも、それがめずらしいことだった。夏休み中で、二人はリビングにいて、お母さんは意見書のようなものに目を通し、お父さんはぶつぶつと人名をあげては、お母さんにむかって、いわゆる「トップ・ジョブ」に就《つ》きたいのなら、こいつとこいつを陣営《じんえい》に引きこまなきゃならない、と言っていた。ぼくはがんばって、シャーロック・ホームズシリーズの一冊を読もうとしていて、教わったとおり、文字の下に指をあて、文章や語句の切れ目に鉛筆《えんぴつ》で印をつけていた。ぼくは難読症《しょう》だから、文字を読むのにすごく苦労していたけれど、それでも、いつも本が読みたくて、いくら時間がかかってもかまわないと思っていた。『唇《くちびる》のねじれた男』を一生懸命《けんめい》に読んでいる時、ジェイソン兄さんがリビングに入ってきて、みんなに話したいことがある、と言った。

「あとにしてくれない？」お母さんが言った。「今ちょうど――」

「金がいるのなら、この夏休みにバイトでもしたらどうだ」お父さんが言った。「お父さんたちは、おまえの銀行じゃないんだから――」

「あとまわしにできないし、お金がほしいわけでもない」その声の調子になにかを感じて、ぼくたちはみな手を止めて顔を上げ、ジェイソンを見た。兄さんは、ソファの真ん中に、ぼくら三人からできるだけ距離《きょり》をおいてすわり、話しはじめた。

「簡単じゃないんだ」ジェイソンは言った。

「なんの話？」お母さんがたずねた。

「今から言おうとしてることだよ」

「もったいぶるな、ジェイソン」お父さんが言った。「朝まではつきあえないぞ」

ジェイソンはごくりとつばをのんだが、少しふるえているのがわかった。気持ちを落ちつかせるためなのか、体の前に出した片手を、もう一方の手で包むようにもったが、口をひらくと声はまだふるえていた。

ジェイソンは、このことはずいぶん前から気づいていて、自分のことだけど受けいれるのはとてもむずかしい、と言った。幼いころからずっと感じていて、もし人に知れたらきらわれてしまうから、うまく折りあいをつけていかなきゃならないんだろうと思いこんでいた。でも最近、もしかしたらうそをつく必要なんてなくて、みんなに正直にうちあけてもいいんじゃないか、そしたら、もしかして、ほんとうにもしかしてだけど、わかってもらえるんじゃないか、そう思いはじめたんだ、と。

「自分はゲイだって言うんじゃないでしょうね？」お母さんがそう言って、片手を口もとにもっていったが、兄さんのジェイソンは首を横にふった。

「いや、そうじゃない」

「ジェイク・トムリンはゲイだよ」ぼくは言ってみたが、いつものことで、だれも聞いちゃいなかった。ジェイクはぼくと同じ学年にいる男の子で、自分はゲイだとおおっぴらに言ってるのに、すごく腕力《わんりょく》が強いから、だれもいじめようとは思わないし、そのことで冗談《じょうだん》でも言おうものなら、ぼこぼこにされるのはわかっていた。ジェイクはけっこういいやつだと思うんだけど、スポーツに一生懸命《けんめい》で、ぼくとはそれほど仲がいいわけでもなかった。

「最後まで聞いてくれないかな」兄さんは言った。

「ペニーが妊娠《にんしん》しちゃったの？」お母さんが言った。

「兄さんが病気になったの？」ぼくはそう言って、急に怖《こわ》くなった。「まさか、もうじき死んだりしないよね？」

「死なないさ。だから、そういう話じゃないんだって。ぴんぴんしてるよ」

「約束してくれる？」

「ああ、約束する。病気じゃないし、ゲイでもないし、ペニーも妊娠《にんしん》してない」

「よかった」ぼくはそう言ってから、ジェイソンになにか心配ごとがあるのだと思うと、不安になってきた。「ジェイソンは世界で一番の兄さんなんだから、ね？」ずいぶん甘《あま》ったるい言い方だったが、それでもかまわないと思った。この時ばかりは、こういう言葉づかいを、そのままジェイソンに聞いてもらいたかったのだ。

長い沈黙《ちんもく》があって、その間ずっと、ジェイソンはただ床《ゆか》を見つめているだけだったが、ようやく顔を上げ、首を横にふった。「でもな、サム、問題はそこなんだ。自分はおまえの兄さんだとは思ってない。いや、兄さんじゃないのは確かなんだ」

「サムのお兄さんじゃない、ですって？」お母さんが言った。「いったいなんの話をしてるの？　あなたはサムのお兄さんに決まってるじゃない。二人とも、わたしが産んだんですもの、まちがいないわ」

ぼくはとまどったまま、ジェイソンの顔をじっと見ながら、ききかえした。「どういう意味？」

「言ったとおりさ。おまえの兄さんじゃない。ほんとうは、姉さんなんだと思う」

2

いやなやつ

宿敵のデイヴィッド・フューグに初めて会ったのは、ぼくもあいつも七歳《さい》の時だった。同じ通りの二軒《けん》先の家に、三百年前から住んでたみたいなヘンダーソンさんというおばあさんがいたんだけど、その人が死んで、孫娘《まごむすめ》がすぐに家を売りに出した。ぼくは前からずっと、このおばあさんが好きだった。ヘンダーソンさんはよく、入れ歯をとりだして、どんなに簡単にもどせるかを見せてくれたり、学校の発表の時間にみんなに見せてもいいと言って、自分の義眼まで貸してくれたりもしたんだけど、義眼を見た同級生が二人――どっちも男子だった！――食べたものをもどしてしまった。片目をなくしたのは戦時中だったけど、いきさつはおぼえていないと言ってたっけ。でも、それはちょっと変だと、ぼくはずっと思ってた。もし自分が片目をなくしたら、どうしてそんなことになったのか絶対に忘れないだろう。

それはともかく、どんな人たちがヘンダーソンさんの家を買うかということを、お母さんとお父さんはずっと気にしていて、見なれない車が通りに止まるたびに、代わるがわるリビングのカーテンをいじりに行ったり、外に出て庭の様子を見たりしていた。住宅の値段が下がりつづけている、とか、街の雰囲気《ふんいき》が望まないものになってほしくない、などという話が二人の口からさかんに出た。

二軒《けん》先にどんな人が引っ越《こ》してきて、パーティーをひらいたり、大きな音で音楽を鳴らしたりしたとしても、うちの中までは聞こえてこないだろう。うちの壁《かべ》はとても分厚いから、となりの家でなにをしているのかさえわからないのだ。どうしてそんなに気にするのか、とたずねると、お母さんは「このあたりはとても落ちついた住宅街でしょ、サム。いわゆる『地元』と呼べるような地区だもの」

「どこだって、住んでるところが地元なんじゃない？」そうたずねると、お母さんは首を横にふり、なんにもわかってないのね、と言いたげな目でこっちを見た。

「ここでは、みんななかよくやってるわ。それが変わってしまったら残念じゃないの。もちろん、ヘンダーソンさんはすばらしい人だったし、惜《お》しい人を亡《な》くしたわ。正直、あの人がいつまでもあのまま、皮肉を言ったり、個別訪問のセールスマンをおどしたりしてくれていればよかったのにね。わたしはいつも、あの人はマギー・スミスに似てるなって思ってた」

「マギー・スミスって？」ぼくはたずねた。

「マクゴナガル先生役の女優さんよ。ほら、ハリー・ポッターの映画に出てた」

「ああ、あの人か」そう答えたものの、マギー・スミスが入れ歯で義眼だとは知らなかった。映画を見ても、そうとは全然気づかなかったし。

「それに、あの人が遺《のこ》したものが、少しでもけがされるのを見たくないの」お母さんは続けたが、ぼくにはどういう意味なのかよくわからなかった。「ヘンダーソンさんにしたって、自分の家にどんな人が住んでもかまわないとは思わなかったでしょうよ。でも、なにができるっていうの？　この国は、わたしが子どものころとはちがう。誤解しないでちょうだいね、サム、わたしは、ロンドンのこの地区がすべての人にひらかれていてほしいと思ってるわ――」

「わたしもだ」急にお父さんが割りこんできた。キッチンのテーブルで、翌週のお母さんの日程を確認しているところだった。

「人はみなそれぞれ――これがお父さんのモットーだ。いつもそう思ってやってきた。でもな、コミュニティが栄えるためには、そこに暮らす人々《ひとびと》がみな、協力しあわなければならない。互《たが》いに助けあい、隣人《りんじん》らしくふるまい、となりあって暮らすことが心地《ここち》よくないとな」

「お母さんの言いたいことがわからないのか？」ジェイソン兄さんが言った。ジェイソンはそれまで肘《ひじ》かけ椅子《いす》にすわり、お母さんのヴォーグをぱらぱらめくっていた。きっと、ファッション誌には必ず下着姿の女性の写真がのっているからだろう。（絶対そうだ。お母さんは読みおえたヴォーグをリサイクル用のゴミ箱に捨てるけど、ぼくはいつもそれを拾ってきて、洋服ダンスの奥《おく》にある、鍵付《かぎつ》きの専用の箱に入れておく。）「黒人お断り、パキスタン人お断り、アイルランド人お断り、ってことさ」

部屋の中が静まりかえった。窓際《まどぎわ》にいたお母さんがゆっくりとむきなおると、顔が青ざめていくのがわかった。

「なんですって？」お母さんは、冷ややかな声で言った。

「聞こえただろ」兄さんの声は、さっきほど自信たっぷりじゃなくて、少しふるえているのがわかった。お父さんはラップトップのパソコンをぱたんととじ、驚《おどろ》いた顔でジェイソンを見ている。

「今のは冗談《じょうだん》のつもり？」お母さんが言った。

「わかってるくせに」ジェイソンはそう言うと、テーブルの上にヴォーグをたたきつけるようにおいた。「それが、このあたりに住んでる中流階級の人たちの考えじゃないか。似たもの同士でつるむんだ。外国人は仲間に入れない。お母さんたちには黒人の友だちが一人もいないだろ？」

「そんなことはない」お父さんが言った。「二週間前、スティーヴンとアンジーが、夜、食事に来たのをおぼえてるだろ？」

「あの二人だけじゃないか」ジェイソンは言った。ぼくは、兄さんがスティーヴンとアンジーのことを忘れていたのに驚《おどろ》いた。二人はお母さんたちとずっと前からの知りあいだし、スティーヴンは兄さんの名付け親でもある。

「それにジャックとロジャーの二人とは、よく飲みに出かけてるぞ」

「ジャックとロジャーは黒人じゃない」兄さんは答えた。「ゲイだ」

「そのとおりだが、おまえが、わたしたちには偏見《へんけん》があると非難しているのなら、それはまちがっていると言いたいだけだ。そもそも、そんなことを言いだすなんて、どうかしてるぞ」

「同感ね」お母さんが言った。さすがのぼくも、この時の兄さんには少しがっかりして、リビングから出ていきたくなった。こんなことはめったにない。「あなたがそんなこと言うなんて、ちょっと信じられないわ。もし、そういう目でわたしたちを見てるのなら、なんにもわかってないことになるし」

「わかったよ、ごめん」ジェイソンは、結局あやまった。「思いちがいだった」

「わかればいいわ」

「でもお母さんたちは、マイノリティ（社会的少数者）の生活にあまり関心がなさそうだと思われてもしかたないんじゃない？　だって——」

「ねえ、あの家の前に車が止まったよ」ぼくは窓の外を見ながら言った。ぼくくらいの男の子と、少し年上らしい女の子をつれた男女がおりてきたが、四人とも、目の前の家にあまり満足しているようには見えなかった。

「ちょっといい？」お母さんに押《お》しのけられて、ぼくはソファから落ちてしまった。どんな人たちなのか、お母さんは興味津々《しんしん》だった。そして、「ほら、見てよ！」と大声で言うと、勝ちほこったようにふりむき、満面の笑《え》みを浮《う》かべた。「だんなさんは黒人、奥《おく》さんは白人、子どもたちはそのあいだね。いい、ジェイソン、わたしがどうするかわかる？　今すぐあの人たちのところへ行って、この地区がどんなにすばらしい環境《かんきょう》か話してくるわ。サム、そこにある選挙用のちらしを何枚かとってちょうだい。まずは票固めをしたってばちはあたらないでしょうから」

結局、ヘンダーソンさんの家を見にきていた家族——フューグ一家——は、あの家を買った。引っ越《こ》しの当日、お母さんがインターネットで、政治的にかたよっていない、あたりさわりのない歓迎《かんげい》のプレゼントをさがしているあいだに、ぼくは男の子と友だちになろうしたのだが、これがまちがいだった。
「あいさつしとこうと思って」ぼくは通りへ出ると、歩いていって、門の前に立ってあたりを見まわしていた男の子に話しかけた。見ると、まるでドブがあふれたあとがあるから、おろしたてのズック靴《ぐつ》が汚《よご》れるじゃないか、と言わんばかりの顔をしている。「引っ越《こ》してきたところだよね？」ぼくは、じつはこの子を見てとてもうれしかった。なぜなら、ぼくが住んでるこの通り、ラザフォード通りには年の近い男の子がいなかったし、学校でも、今まで仲のいい友だちは一人もいなかったからだ。うちに泊《と》まりに来たり、休暇《きゅうか》に南フランスへ行くけど一緒《いっしょ》に来ないか、と誘《さそ》ってくれたりする子はだれもいない。どこでまちがったのかわからないけど、なぜかそういうことはそれまで一度もなかった。これは、ぼくが文字を読むのがとっても苦手だということとなにか関係があるんじゃないかと思ってる。字が読めないってだけで、まるでそこにいないみたいに思われてしまうことがしょっちゅうあった。

そこにいないみたいだということは、つごうが悪いことばかりじゃない。先生からもあまり指されないから、とても助かる。たとえば、教科書を読みなさいと言われて、「孤独《こどく》な（solitary）」という言葉が、いくら見てもそうとわからず、「偶然《ぐうぜん》の（coincidental）」が「偶然《ぐうぜん》の」だと思えなければ、みんなにじろじろ見られることになるわけで、あれはほんとうにいやだった。読めなくなるのは、こういうむずかしめの言葉だけじゃない。母音がたくさん入っている言葉もむずかしいことがある。「イグアナ（iguana）」とか、「避難民《ひなんみん》（evacuee）」とか。かと思うと、母音が少ない、「リズム（rhythm）」のような言葉もやっかいなこともある。そこには理屈《りくつ》がほとんどない。

「ああ。でも、ずっとここに住むわけじゃないから」デイヴィッドは答えると、ぼくのことを、まるで買うかどうか迷っている冬物のコートを見るような目でじろじろと見た。「一、二年、規模を縮小する《ダウンサイジング》だけさ。景気後退《リセッション》のせいだ。うちは、もろにあおりを食らった。ほんとうの家は、地下に映写室がある温水プール付きのでかい家なんだ。ここにいるのは景気がもとにもどるまでのあいださ」

ぼくは、男の子の顔をじっと見た。同年代の子の口から、こんなに小むずかしい言葉が出てくるのを聞くのは初めてだった。経済のことなんてあまり気にしてなかったし、よその家がどんな暮らしをしているのかもよく知らなかったが、テレビを見て、うちはイギリスの中でも、かなりいい暮らしをしているほうだというのはわかっていた。同じ通りの建物はみな、赤レンガ造りで、裏にはそれなりの広さの庭があり、どの家も四階建てだ。ロンドンの中心街、オックスフォード通りからもそれほど遠くない。同じ通りの端《はし》にある一番地には、「ケンジントン宮殿《きゅうでん》には住めないけれど王室の血を引く人」だとお母さんたちが言ってる女の人が住んでいて、家の中にはアンティークの鏡のコレクションがあり、あごひげを生やした執事《しつじ》がいる。

「ふーん、そうなんだ」ぼくは答えた。「で、きみ、名前は？」

「デイヴィッド・フューグ。うちの一族のことは聞いたことがあるんじゃないかな。オックスフォード大学のモードリン・カレッジにうちの寄付講座があるからね。モードリンの綴《つづ》り（Magdalen）は、きっとわからないだろうなあ。書いてみろよ。ちゃんと書けたら五ポンドやるからさ」

「ぼくはサム・ウェイヴァー。二軒《けん》先の十番地に住んでる」

「ウェイヴァー？」デイヴィッドは眉《まゆ》をひそめた。「デボラ・ウェイヴァーとは関係ないよな？」

「お母さんだ」

「あーあ」デイヴィッドは首を横にふった。「なんてこった。同じ通りに政治家が住んでるなんて。で、お次はだれだい？　映画スター？　アメリカ人？　いいか、きみのお母さんはきっと金まみれだぞ」そして、さらに身を乗りだし、声をひそめて続けた。「大臣になれたのは首相のスキャンダルをにぎってるからだ。袖《そで》の下ももらってるだろうな」

どういう意味か、ぼくにはさっぱりわからなかったが、いい話のようには思えない。こういう時、ジェイソンならどうするだろうと考え、兄さんは、人の悪口を聞くのがきらいだったから、ぼくは母さんをかばうことにした。

「じつはお母さんは、頂上めざして険しい道を登ってるところなんだ」ぼくはそう言うと、背筋を伸《の》ばした。お父さんが何度も口にしていたせりふを言えたのが誇《ほこ》らしかった。「最後にはトップ・ジョブに登りつめるかもしれないって言われてる。だから、言葉には気をつけたほうがいい。いつか、核《かく》ミサイルを発射できるようになるんだから」

「ぼくのお父さんだって、その気になれば首相になれたかもしれない」デイヴィッドは言った。「でも、あんな仕事は一度もやりたいと思ったことがないらしい。首相をやるには賢《かしこ》すぎるんだよ。それに、ほんとうに権力をもった人は裏に隠《かく》れてるものだ。首相なんて、世界的な多国籍企業《たこくせききぎょう》のあやつり人形でしかないんだぞ」

「なるほどな」そうは言ってみたものの、じつは多国籍企業《たこくせききぎょう》なんて知らなかったし、デイヴィッドがなんの話をしているのかもわかっていなかった。

「とにかく、たぶん、もうすぐ選挙がある」デイヴィッドはさらに続けた。「そして、なんとなく、きみのお母さんは落選するんじゃないかって気がするよ」

「そんないじわるな言い方しなくたっていいだろ」ぼくは怒《おこ》って顔をしかめながら言いかえした。「あいさつに来ただけなんだからさ」

「悪かったな。別に、ぼくは新しい友だちがほしいわけじゃない。そっちはその気だったのかもしれないけど。ほら、友だちなら、ほんとうの家の近所にたくさんいるから」

「手ばなした家のこと?」

「手ばなしちゃいない」デイヴィッドはぴしゃりと言った。「一時的な撤退《てったい》にすぎない。それだけだ」

「テッタイって?」

「退避《たいひ》だ」

「タイヒ?」

「悪いけど、きみの第一言語は英語なのかい?」

「ウイ、ビアン・シュール(フランス語で「はい、もちろん」)」ぼくは、うまく切りかえしたと思ったのに、デイヴィッドは、くるりと目を回しただけだった。

「まったく、なんてところに引っ越《こ》してきちゃったんだろう」

「お母さんの言ったことはほんとうかもな」ぼくはだんだん腹がたってきた。「よそ者は入れないほうがいいんだ」

デイヴィッドは片方の眉《まゆ》を吊《つ》りあげ、尻《しり》ポケットから小さなノートと携帯《けいたい》用の短いペンをとりだした。そして、「今のは、きみのお母さんが言ったことなんだな?」と言うと、ぼくの言葉を手早く書きとめた。「で、お母さんは、どういうつもりで言ったんだい?」

「別に」ぼくは、まずいことを言ってしまったのかもしれないと感じていた。「言っとくけど、お母さんは人種差別なんかしないよ。兄さんのジェイソンが、差別してるって言ったら、お父さんが、そんなわけないだろう、スティーヴンとアンジーは友だちだし——」

「つまり、その二人は黒人なんだな?」

「うん。ジャックとロジャーはゲイなんだ」

「だれだ、そのジャックとロジャーっていうのは?」

「お母さんとお父さんの友だち」

「じゃあ、おまえの両親の友だちには、黒人が二人、ゲイが二人いるってわけか。進んでるじゃないか！　さぞかし自己満足だろうよ！」

「だまれ。おまえみたいなばかに会ったのは生まれて初めてだ」

「労働者階級はこれだからな」

「だまれ、って言ったんだ」

「おまえこそだまれ。身分をわきまえろ！」

「そっちこそ、引っ越《こ》してきたばかりのくせに！　ぼくは前からここに住んでるんだ！」

「うちはすぐにまたここを出ていく。景気さえよくなれば——」

「はい、はい、わかりました」ぼくは背をむけ、すたすたと家にもどりはじめたが、腹の中は煮《に》えくりかえっていた。いったいどういうつもりなんだ。引っ越《こ》してきたと思ったら、あんな口のきき方をして、ぼくの悪口まで言いはじめるなんて。この時からもう、ぼくはあいつが大きらいになった。

　あとでわかったんだけど、あいつとのやりとりは、たぶん、初めて会ったこの時が一番おとなしかったんじゃないかと思う。なぜって、それから何年間か、殴《なぐ》りあいこそしなかったけど、あいつはねちねちとぼくにいやみを言い、自分はみんなとちがう、景気がよくなれば（そんなことはありそうになかったけれど）ここを出て二度ともどらない、温水プールと地下に映写室のあるりっぱな家に、ほんとうの家に帰るんだ、としょっちゅう言っていた。

宿敵デイヴィッド・フューグに起きてほしい八つのこと

① サメに食われる。
② 頭のおかしい人の手で地下室にとじこめられ、朝昼晩、野菜しか食べられなくなる。
③ エド・シーラン（イギリスの人気シンガーソングライター）のアルバムを、一週間ノンストップでくりかえし聞かされる。
④ ニュージーランドの親戚《しんせき》に引きとられる。
⑤ 数学の女の先生、ホワイトサイド先生を、授業中にまちがって「ママ」と呼んでしまい、いつまでもみんなにからかわれる。
⑥ 男子トイレで、鏡に映った自分とキスの練習をしているところを見つかり、写真を撮《と》られて学校中にばらまかれる。
⑦ 少年院送りになる。
⑧ ある朝目がさめると、顔中ににきびが二十個くらいできている。

たしかに、デイヴィッド・フューグとぼくは、お互《たが》いに軽蔑《けいべつ》していたけれど、まさか、あいつがジェイソンの秘密を知って、それを最初にみんなにばらすことになるとは思わなかった。その日のデイヴィッドときたら、まるでこの時を長いあいだ待ちわび、じっくり楽しんでやろうと決めていたみたいだった。

兄さんのジェイソンが秘密をうちあけた翌朝、朝ごはんのテーブルをかこんでいる時、家族四人は、ほとんど目を合わせなかった。

「昨夜の話はなかったことにするのが一番だと思うの」ようやくお母さんが口をひらいた。それまでは、トーストにバターを塗《ぬ》るカリカリという音と、熱い紅茶をすする音しか聞こえてこなかった。「ああいう、どこかおかしな夜はたまにあるもので、忘れるのが一番だわ。お父さんが女王陛下の前でカラオケを歌った夜みたいにね」

お父さんは眉《まゆ》をひそめた。自分では歌がうまいと思いたいらしいけど、じつはそんなにうまくない。

「わたしの記憶《きおく》が確かなら、最後に陛下は拍手《はくしゅ》なさってたぞ」

「気をつかっていらしたのよ。女王陛下はいつだってまわりに気をつかっていらっしゃるわ。だれかさんがクイーンの『愛という名の欲望』を歌って、音をはずしまくっていたとしてもね」

お母さんは、閣僚付《かくりょうつ》きの運転手、ブラッドリーのほうをちらりと見て、車で待っててちょうだい、と言った。いつもは、お母さんのしたくが終わるまでここでコーヒーを飲んでいることが多い。「今、一番望ましいことは」お母さんは、ブラッドリーが出ていくのを待って先を続けた。「四人とも、今までどおりにふるまい、あれは奇妙《きみょう》な夢かなにかだったと思うことね。ジェイソン、あなたは思春期だから不安定なのよ、ただそれだけ。そういう時期はそのうち終わるから、わたしが約束する。でも、それには少し時間がかかるの。『トランスジェンダー』の人たちの話は、今までもラジオやテレビでいろいろ見聞きしたことがあるけれど——」お母さんは、トランスジェンダーという言葉を口にする時、引用だとわかるように、両手の人差し指と中指をカニのように立てて動かしてみせた。「実際には、あなたはただ、人とはちがうってことを示したいだけで、自分らしさをさがしているところなのよ。思春期になると、みんなそういうものだわ。ほら、わたしがあなたくらいの年のころも、私立探偵《たんてい》になりたいなんて言ってたけど、あれは『少女探偵《たんてい》ナンシー・ドルー』の読みすぎだっただけなんだから。それに、去年の夏のことをおぼえてるでしょ、サムがエド・シーランのレコードを聴《き》くのをやめられなくなっちゃったじゃない」

「そうそう」ぼくはうなずきながら言った。「でも今になってみると、なに考えてたんだろうって感じ」

「だからね、ジェイソン、昨日あなたがわたしたちに話したことは、ほかのだれにも言わないでほしいの。いいわね？」

兄さんは顔を上げたが、見ると困ったような、さみしい表情を浮《う》かべていたので、ぼくは目をそむけた。

「昨日は、お母さんとおそくまで話しあったんだ」お父さんはそう言うと、テーブルごしに手をのばしてジェイソンの肩《かた》におき、子犬にするように軽くたたいた。「おまえが今、一人の人間として大変な時期にさしかかっているのは明らかだが、わたしたちはおまえの親だ。おまえを愛しているし、必要なら、だれかの助力を仰《あお》ぐつもりでいる」

「助力って？」ジェイソンが顔を上げると、その目には期待するような表情が浮《う》かんでいた。兄さん自身も、ここからぬけだす道があるのかもしれないと思ったんだろう。

「医学的なものよ」

「たとえば？」

「あら、そこまではわからないわ」お母さんはいらついた口調で言った。「お医者さんじゃないんですもの。薬かもしれないわね。催眠療法《さいみんりょうほう》とか。電気ショック療法《りょうほう》かも」

「電気ショック？」ジェイソンはききかえした。

「はっきりとは知らないけど、たぶん、頭に電線をたくさん巻きつけるんじゃなかったかしら。それで、なにか考えると――考えちゃいけないことを考えると――ビリッとくるのよ。ああ、ごく弱い電流でね。

影響《えいきょう》が残るほど強いものじゃないわ。で、そのうち怖《こわ》くなって、そのことについては考えないようになるの」

「ええっ？」ジェイソンは、おびえた声をあげた。

「じつは」とお父さんが口をはさんだ。「ヘクターに意見をきいてみるのがいいんじゃないかと思っていたんだが……」

「ヘクターって？」お母さんが言った。

「もちろん、保健相のヘクター・ダナウェイだよ。ほかにヘクターって人を知ってるのか？　きっと、彼《かれ》なら、その分野の第一線にいる専門家たちのリストをもってるだろう」

お母さんはじっとお父さんの顔を見ると、椅子《いす》の背にもたれて腕《うで》を組み、首を横にふりながら声をたてて笑った。「アラン、悪いけど、あなたどうかしちゃったんじゃない？　じつは、うちの息子《むすこ》は自分が女だと思ってるの、なんてヘクターに言えると思う？」

「それをトランスジェンダーって言うんだ」兄さんが言った。

「わかってるわ」お母さんは、ジェイソンをにらみつけた。「ついさっき、わたしもそう言ったでしょ。ただ、その言葉になじんでしまいたくないだけ」

「どうして？」

「どうしてもよ」

「そりゃあ、どうも」兄さんは言った。

「とにかく、ヘクターに相談するなんてとんでもないわ。たぶん、彼《かれ》にも野心があると思うのよね」

「なるほど」お父さんはそう言うと、いかにもしおらしく、テーブルに目を落とした。「たしかにまずいな。ヘクターには言わずにおこう」

「まったく、そんなこと考えるなんて信じられないわ」

「わかったよ。だから認めたじゃないか」お父さんもいらついた口調で返した。

「カラオケもひどかったけど、ヘクターにうちあけようなんて正気のさたじゃないわ！」

「もういい！　話をもどそう！」

「だれにも言っちゃだめよ」お母さんは、みんなの顔を順に見ながら言った。「絶対に、だれにも言わないこと。ジェイソンが人殺しをしたのと同じように考えてちょうだい」

「でも、だれも殺してなんかない」兄さんは言った。

「わかってる。たとえがまずかったかもしれないわね。でも、おぼえておいて。もしほんとうにだれかを殺してしまったら、その時は、わたしたちは親として、あなたを守るためになんでもするわ」

「じゃあ、お母さんは――」ジェイソンは、今度はむっとしたように、少し大きな声で言った。「ある日、自分の子が家に帰ってきて、今、人を殺してきた、と言ったら、それを隠《かく》そうとするってこと？ つまり、トランスジェンダーは、殺人犯と同じくらい悪いことだと思ってるの？」

「まさか、そんな……。もう、どう説明したらいいの！」お母さんはどなり、目の前のテーブルを両手でバンとたたいたので、お皿もカップもグラスもふるえ、ぼくらは驚《おどろ》いてビクッとした。「もちろん、そんなつもりで言ってるんじゃないわ。ただ……どういうことなのかちゃんと理解して、みんなにとって最善の手を打とうとしてるだけよ。こんなこと初めてだし——それくらいわかってよ。わたしもお父さんも、なんでもすぐに答えを出せるわけじゃないんだから。わたしたちの身にもなって。あなたは前からずっと考えてたのかもしれないけど、お父さんとわたしにとっては寝耳《ねみみ》に水なんだから！」

兄さんはだまっていたけど、顔を見れば、言わなきゃよかったと思っているらしいのがわかった。朝ごはんにも手をつけてない。オレンジジュースのグラスにさえ、指一本ふれてなかった。いつもなら、あんまりオレンジジュースを飲むものだから、お父さんからは、そのうちおまえはオレンジになっちまうぞ、と言われるくらいなのに。

「それから、サム」お母さんは、ぼくに指を突《つ》きつけた。「おまえも、このことはだれにも、ひと言も言っちゃだめよ、わかった？ おまえがどんなにおしゃべりかはよくわかってますからね」

ぼくはうなずいた。そんな心配はいらない。この話をだれかにする気なんて、これっぽっちもない。

学校でのもめごとの種をわざわざふやす必要がどこにあるだろうか。

「ジェイソン、あなたは……」お母さんがそう言ってむきなおると、兄さんは両手で頭をかかえこんで泣きだしたので、ぼくはぎょっとした。

「どうして泣くんだ？」お父さんが手を伸《の》ばして、兄さんの肘《ひじ》においた。「おまえを助けてやると言ってるのがわからないのか？」

「ごめん」

「なぜあやまる？　泣いてしまったからか、それとも、昨日、あんな話をしたからなのか？」

「なにもかも、ごめん」

「やっぱりわからないな」ぼくは言った。「なぜ兄さんは、自分が女だって思うの。おちんちんがあるじゃないか。あるのは知ってるもの。見たことあるし」

「サム！」お母さんが大声を出した。「朝ごはんの席で、はしたないこと言わないで！」

「ごめんなさい。でも、あるんだよ」

「お母さんはただ、朝っぱらからそういう話はしたくないと言ってるんだ」とお父さん。

「わかった。じゃあ、いつならいいの？」

「いつでもだめです」お母さんが答えた。

「なんで？」

「けがらわしいからよ」

「なるほど」お父さんが小声で言った。「そういうことだったのか」

「けがらわしいことなんてなにもない」ジェイソンが言った。「サムにそういう言い方するなよ。考え方がゆがんじゃうだろ」

「よくそんなことが言えるわね。あなたは、そんなものはないふりがしたいんでしょ！」お母さんが声を張りあげた。

「ないふりなんてしてない！　あるのはわかってるよ。ただ、気持ちは――」

「これじゃ堂々《どうどう》めぐりじゃないの！」お母さんはどなった。それまでもどなることはあったが、こんなに大きな声を出したのは初めてだった。「またもとにもどってるわ。この話はしたくないって、あんなにはっきり言ったのに！　いーい、だれかが少しでもむしかえしたら――」

　キッチンのドアにノックの音がして、ブラッドリーが顔をのぞかせた。「大臣、お話中ですが、急ぎませんと閣僚《かくりょう》会議にまにあいません。ご承知のように、朝のこの時間は渋滞《じゅうたい》が……」

「わかったわ」お母さんはため息をつき、立ちあがった。そして「じゃあ、続きは帰ってからやりましょう」と言うと、公文書をもちはこぶための赤い箱をいくつかかかえあげ、ドアにむかって歩きだした。「わかってるわね、わたしが続きは帰ってからやりましょうと言ったら、それは、生きてるかぎり、二度とこの話はしないという意味よ。わかった？」

そして、お母さんがなぜそんなふうに言うのか、この二十四時間に起きたあまりにもたくさんの出来事と同じように、ぼくにはさっぱりわからなかった。

ジェイソンが自分の身に起きていることについて、家族以外のだれかにうちあけようと思ったのは、たぶん、うちではだれも、この話にふれたがらなかったからだろう。あれから数週間がたち、その間、うちではみな、なにごともなかったようにふるまっていた。部屋に入っていって、お母さんかお父さんに話しかけようとしても、忙《いそが》しいからだめだと言われ、二人がどう思っているのか知りたくてたまらなかったが、この話をもちだすのが怖《こわ》くもあった。なぜって、ぼくもお母さんたちと同じように、ほんとうにこんなことが起きているとは信じたくなかったからだ。口に出せば、それだけ現実味が増すわけで、だれも心の準備ができていなかったんだと思う。

当然、兄さんの口数はさらにへり、ほとんど自分の部屋にこもりきりになった。でも、そのうち、ガールフレンドのペニー・ウィルソンには、うちあけてしまうかもしれないと思うべきだった。ペニーはぼくが見たことのある女の子の中で、まちがいなく一番の美人で、お母さんのヴォーグにのっている女の人、とくに、二〇一七年六月号の一二六ページの人に似ていた。この号はぼくのお気にいりで、洋服ダンスの奥《おく》にある鍵付《かぎつ》きの専用箱にしまってあるものの一番上においてあった。ただ、たしかにペニーは美人だけど、いつも感じがいいわけじゃなかった。

ペニーがジェイソンとつきあいはじめたのは、ほんの二、三か月前のことなのに、ペニーはそれ以来、うちに入りびたっていた。はじめのうち、ぼくはペニーがうちに来るのがいやだった。兄さんをとられてしまうからということもあったが、それより、ペニーのそばにいると、どぎまぎしてしまうからだ。初めてペニーに会ったのは、二人が兄さんのベッドの上でキスしているのを見てしまった時のことで、一番記憶《きおく》に残っているのは、兄さんがテニスラケットでぼくを追いはらったことじゃなくて、横になったペニーのブラウスがはだけ、ピンクのブラジャーと白くなめらかなお腹《なか》がのぞいていたことだった。あれ以来、その姿がぼくの記憶《きおく》にタトゥーのように刻まれて、とまどいと興奮と恐《おそ》れが三分の一ずつ入りまじった気持ちになる。ぼくもこの手でペニーの肌《はだ》にふれてみたい、ジェイソンがしていたように、一緒《いっしょ》にベッドに寝《ね》そべってみたいと思っていた。それからの数週間、ペニーのことを考えているうちに、夢にまで見るようになってしまった。そして、最悪なことに、ペニーはずっとぼくを子どもあつかいし、会うと必ずぼくの髪《かみ》をくしゃくしゃと乱し、決まって、サムは「すっかり大人になったら」、女の子たちからさわがれるようになるわよ、と言うのだった。

でもペニーは、ジェイソンが自分の悩《なや》みを家族の次にうちあけた人で、きっとぼくらに負けず劣《おと》らずショックを受けたはずなのに、だれにも言わないと約束した。けれどペニーはその数日後、ジェイソンにメールを送ってきて、わたしはもうあなたの彼女《かのじょ》じゃないし、今は、ジャック・サヴォナローラとつきあっている、でも、友だちが必要な時はいつでも相談に乗るから、と言ってよこした。ジャックはサッカー部のキーパーで、イタリア人の血が半分入っていて、夢見るような瞳《ひとみ》をしていると女の子たちのあいだで評判だった。

これで、ジェイソンには、落ちこむ理由がまたひとつふえたわけだが、ぼくはどんなにこの件で兄さんと話がしたくても、どう切りだしたらいいのかわからなかった。

夏休みが終わって新学期になり、またいつもの退屈《たいくつ》な毎日が始まった。ところが、ジェイソンの秘密はだれにもばれていないと思いはじめた矢先、宿敵デイヴィッド・フューグが爆弾《ばくだん》を落とした。

ラウリー先生が、イギリスの歴史の中でも、とくにテューダー朝にこだわりがあることは、みんな知っていた。なにが話題になっていても、どうやってか、先生はいつも話を、この王朝時代にこじつけてしまう。とりつかれていると言ってもいい。

「じつは、テューダー朝はイギリス諸島の歴史上、もっとも興味深い時代のひとつなのだ」先生の夢がやっとかない、授業であつかう内容がテューダー朝にさしかかったところだった。「多くのドラマや陰《いん》謀《ぼう》があった時代だ。わずか五代で終わったというのに、当時の逸話《いつわ》は何世紀ものあいだ色あせず、今に伝わっている。この国には今まで女王は六人しかいないが、そのうち二人はテューダー朝だ。また、その五人の君主たちがなんと個性的だったことか！　好戦的なヘンリー七世はウェールズの田舎《いなか》から玉座をねらい、ボズワースの戦いで王位簒奪者《さんだつしゃ》リチャード三世を亡《な》き者とした。さらに、息子《むすこ》ヘンリー八世の驚《おどろ》くべき史実が続く。善良なる大志をもって国王となったものの、六人の妃《きさき》を迎《むか》えたヘンリー八世は、やがて暴君に堕《だ》し、その跡《あと》を彼《かれ》の三人の子どもが次々《つぎつぎ》に継《つ》いだため、ヘンリー八世はイギリス国王でただ一人、三人の国王の父となった。また、みんなも知っていると思うが、テューダー朝は、ここ十年にわたり、あるイギリス人小説家によって書かれたほとんどすべての作品の舞台《ぶたい》となっている。あれはただの虚構《きょこう》につぐ虚構《きょこう》の連続だがね！　しかし、わたしにとって、テューダー朝のもっとも魅力的《みりょくてき》な国王は、女王エリザベス一世だ。なぜかわかるかな？」

ぼくらはみな、だまったままじっと先生を見ていた。答えは見当もつかなかったし、正直、そんなことはどうでもよかったからだ。

「なぜなら、エリザベス一世は、女性に対する世間の評価を変えたからだ」先生は続けた。「彼女《かのじょ》は、女性でも国を治めることが可能であり、しかも、みごとに統治できることを示したのだ。父親のヘンリー八世は、その統治期間の大半を、イングランド王となるべき男子を残すことにこだわったが、エリザベスはそんなことはまったく気にかけなかった。彼女《かのじょ》は目の前のことにむきあい、自分の死後になにが起きるかなどどうでもよかったのだ」

「結婚《けっこん》したくなかったんですか？」教室のうしろから質問が飛んだ。

「そして、男性の支配に身をゆだねるというのかね？」ラウリー先生はききかえした。「断じて！　いいかね、あの時代のことだ、もし結婚《けっこん》していれば、まさにそうなっていただろう。夫が国王の座につき、彼女《かのじょ》は歴史上はるかに小さな役割しか果たせなかったはずだ。だからエリザベスは、決して結婚《けっこん》はすまいと思いさだめたのだ。彼女《かのじょ》は自身を、王でも女王でもなく、単に君主と考えていた。男でも女でもない、とね。性別を度外視していたのだよ」

「ジェイソン・ウェイヴァーみたいですね」デイヴィッドが突然《とつぜん》口をはさんだので、ぼくは顔を上げ、ほんとうにそう言ったんだろうか、と思った。

「どういうことだね？」ラウリー先生は、とまどった表情を浮《う》かべてデイヴィッドを見た。

「エリザベス一世は、ちょっと、ジェイソン・ウェイヴァーみたいだ、と言ったんです。サムのお兄さんですよ。男でも女でもなく、性別を度外視していた、ってとこが」

クラス全員が、どういうことだろう、という顔をして、いっせいにこっちを見た。ぼくは顔が赤くなり、胸の中で心臓の鼓動《こどう》がどんどん速くなっていった。それまで目立たなかったぼくに注目が集まってくる……。

「なにを言ってるのか、さっぱりわからないんだが」ラウリー先生は首をふりながら言った。「わたしはエリザベス一世について話しているのに、きみは――」

「聞こえなかったんですか、先生？」デイヴィッドはそう言うと、いかにも満足そうに、にんまり笑った。「サムのお兄さんは、自分が女になりたいんだって、はっきりわかったんだそうです」

今度はみんな、驚《おどろ》いて口をあけ、顔を見あわせた。いったいどういうことか、すっかり納得《なっとく》したわけじゃないけれど、でも、なにか事情があるんだろう、そんな顔をしていた。なにかとても恥《は》ずかしいことが明るみに出ようとしているんだ、と。

「女になりたがってる？」ラウリー先生はききかえすと、ぼくのほうを見た。「悪いが、わたしにはどういうことか――」

「先生！」デイヴィッドは大きな声で言うと、くるりと目を回し、一段と声を張りあげた。「わからないんですか？　サムのお兄さんは『トラニー』なんですよ。自分は男じゃない、男の体にとじこめられた女だと思う、ってペニー・ウィルソンに言ったらしいですよ。完全に変態です」

「そんなわけないよ」ぼくのうしろの席にすわっていたアダム・コナーズが言った。「サムのお兄さんは高校で一番うまいサッカー選手なんだぞ！」

「だから？」デイヴィッドが言った。「それとこれと、どういう関係があるんだ？　サッカーがうまいから、トラニーのはずがない、って言いたいのか？」

「ああ、そうだよ」アダムは言った。みんな、ぼくらの学年ではアダムが一番サッカーがうまいと思っている。ジェイソンへの悪口は、自分への悪口だと感じるんだろう。

「さあ、そこまでだ」ラウリー先生は、めずらしく大きな声を出しただけでなく、ホワイトボード拭《ふ》きを教壇《きょうだん》にバシッとたたきつけた。

たちまち、みんなのおしゃべりがやんだ。デイヴィッドが、自分が始めたごたごたを楽しんでいるみたいに、ぼくにむかってにやにや笑っているのがわかる。顔をそむけ、ちらりと教室内を見まわしてみると、一人残らずこっちを見て、なにか言うのを待っていた。でも、なにが言えるだろう？　みんなわかってる。ばれちゃったんだ。ぼくは急いで席を立ち、カバンに足をとられそうになりながら教室から走りでた。笑い声を背中で聞きながら男子トイレまで走ると、個室に飛びこんで鍵《かぎ》をかけたとたん、朝食べたものをそっくり便器に吐《は》いてしまった。

そして、その瞬間《しゅんかん》、ああ、ぼくの人生は終わった、と確信した。みんなジェイソン兄さんのせいだ。

3 湖水地方で

学校は学期途中《とちゅう》の一週間休みに入り、とりあえずうわさ話に悩《なや》まされずにすむので、ぼくはひと息ついたし、きっとジェイソン兄さんもずいぶんほっとしただろう。兄さんは、あまり友だちと遊ばなくなり、一人で部屋にこもって目立たないようにしていることが多くなっていた。休みに入るころには、うわさは風に飛ばされたビニール袋《ぶくろ》のように学校中をかけめぐっていて、ほとんどだれもぼくに話しかけてこないくせに、教室に入っていくたびに、うしろからクスクス笑う声が聞こえてきた。ぼくのロッカーにブラジャーを放りこんだやつまでいて、それをゴミ箱に捨てようと思ってとりだしたところにたまたま用務員さんが通りかかり、女性の下着をいじるなんて、おまえはいやらしい不届き者だ、本来なら刑務所《けいむしょ》行きだぞ、と言った。

「だれかの洗濯物《せんたくもの》を盗《ぬす》んできたんだな?」用務員さんは、ぼくの顔につばを吐《は》きかけんばかりの勢いで言った。「わしが若いころなら、見逃《みのが》してはもらえなかったろう。こうなると、徴兵制《ちょうへいせい》を復活させて鍛《きた》えてもらいたいくらいだ」

机の上に化粧《けしょう》道具をおかれたこともあって、手にとったはずみで粉が飛びちり、セーターが粉だらけになった。みんなからは、「おまえ、トイレでマスカラつけてただろう」と言われたので、思わず、「マスカラはまつ毛につけるもので、これはどう見たって頬紅《ほおべに》なんだから、つけるなら頬《ほほ》だろう」と言いかえしてしまった。そのとたん、言わなきゃよかったと後悔《こうかい》したが、たちまち、クラス中が大爆笑《だいばくしょう》になった。男子トイレに入っていくと、便器の前に立ってる連中から、変態野郎《やろう》、見るんじゃない、と声をそろえて言われる始末。どれもばかげた話だ。なぜって……

この話がまったくばかげている五つの理由

① ぼくはゲイじゃない。

② ジェイソン兄さんもゲイじゃない。

③ ジェイソンが、自分はぼくの姉さんだと思っているからといって、ゲイということにはならない。

④ たとえジェイソンがゲイだったとしても（ほんとうはちがうけど）、だからぼくがゲイという

ことにはならない。

⑤　そして、今言ったことが全部ちがっていて、ジェイソンはゲイで、ぼくもゲイだったとしても、わざわざあいつらの、ちっちゃくてしなびたおちんちんをのぞき見するほどひまじゃない。そもそも、あんなもの見てどうする！

家では何か月か前から、この一週間の休暇《きゅうか》でどこへ行くか、何度も話しあったのだけれど、決めるのは思っていたよりはるかに面倒《めんどう》なことがわかった。

「どこか暖かいところがいいなあ」太陽の光が好きなジェイソンが言った。

「涼《すず》しいところがいい」ぼくはきらいなのでそう言ってみた。

「暑い寒いはどうでもいいわ」お母さんが言った。

「車であちこち回るのはどうだ」お父さんは、キッチンテーブルに広げた道路地図をめくりながら言うと、メガネをはずし、高速道路を指でなぞった。「カレーからフランスを横断して、スペイン国境にあるアンドラまで走ったら、どれくらいかかるかな。キャンピングカーはどうだろう？　前から、やってみたいと思ってたんだが」

「フランスはやめておいたほうがいいわ」と、お母さん。「ちょうど反ＥＵの空気が広がっている時に、わたしがフランスへ行けば、議会ではそれなりの意見表明ととられかねないから。いずれ首相が退陣《たいじん》したあとで、敵から追及《ついきゅう》されるような行動はとりたくないの」

「お母さんには敵がいるの？」ぼくは心配になり、顔を上げて言った。

「まあね。わたしくらいの地位になると、だれでも少しはいるものよ」

「じゃあ、フランス以外はどうだ？」お父さんがききかえした。「大陸はどこもだめなのか？」

「全部だめとは言わないけど、よく考えて選ばないと。肝心《かんじん》なのは、わたしがＥＵ加盟の各国に対してはまちがいなく好意的だけれど、同時に、ＥＵ全体が象徴《しょうちょう》するものにはすべて反対しているという印象を与《あた》えることよ」

「プラハに行ってみたいな」ジェイソンが言った。「ここのところカフカの小説をたくさん読んでたし、プラハにはカフカの博物館があるんだ」

「チェコ共和国はＥＵだっけ？」とお母さん。

「ああ、たぶん」

「うーん」

「イタリアはどうだい？」お父さんが言った。「ダヴィデ像……、モナ・リザ……」

「モナ・リザはパリだよ」ぼくは言った。

「それに、イタリアは不安定すぎるわ」お母さんが続けた。「しょっちゅう選挙ばかりしていて、ああいうのは願いさげね」

「ギリシャは？」

「じつは、前からアテネには行ってみたいと思ってるの」お母さんの声が少し元気になった。「でも、まわりからどう思われるかしら？　ＥＵから緊縮《きんしゅく》財政を求められてる最中なのに、わたしが行ったら、ギリシャを支援《しえん》しているように見えてしまうかも」

「飛行機代が安かったからとしか思われないんじゃない」ぼくは言った。

「ばかなこと言わないで。いーい」お母さんはまるで今から下院で演説を始めようとしてるみたいに大きな声を出した。だからぼくは、思わず、静粛《せいしゅく》に！　静粛《せいしゅく》に！　これよりデボラ・ウェイバー議員閣下が発言されます！　と叫《さけ》びたい気分になった。「わかってると思うけど、わたしはギリシャ政府の方針に反対ってわけじゃないし、フェタチーズとオリーヴが好きなことではだれにも負けないわ。でも、不確定要素が多すぎるのよね。世界は広いんだし、ほかにふさわしい国はないかしら？」

「アイルランドはどう？」ぼくは提案した。

「まさか、わざと話をややこしくしてるんじゃないでしょうね？」お母さんは、くるりと目を回して言った。「アイルランドへ行ったりしたら、わたしが国境管理（アイルランドはイギリス領の北アイルランドと国境を接している）をゆるめようとしていると言って非難されるわ。サム、言っておくけど、まじめに考える気がないんだったら外で遊んでらっしゃい」

「外で遊んでらっしゃい、って……」お母さんは、ぼくがまだ五歳児《さいじ》だとでも思ってるんだろうか。

「オーストラリアはどうだろう？」お父さんが言った。

「遠すぎるわ。飛行機に乗ってるだけでくたくたになっちゃう」

「日本は？」

「わたしが中華《ちゅうか》料理は苦手なの、知ってるでしょ」

「まさか、中国と日本は、全然別の国だってことはわかってるよね？」ジェイソンが口をはさんだ。

「じゃあ、アメリカは？」とお父さん。「ワシントンへ行けば、ひょっとしたら――」

「あなたがとんでもないことを提案する前に言っときますけど、大統領に会えるのは首相だけで、閣《かく》僚《りょう》はそう簡単じゃないのよ。ああ、でも、大物との会談目的で訪米したように思わせる写真をあちこちで撮《と》って、ソーシャルメディアにのせるくらいはできそうね」

「ワシントンにディズニーランドはある？」ぼくはきいてみた。

「ええ、あるわよ。ホワイトハウスっていう名前のね」

「サムと一緒《いっしょ》に楽しめるようなものは？」ジェイソンが、いらついた口調で言った。

「家族四人ですごせるじゃない！」お母さんが答えた。「まったく、ジェイソンもサムもどういうつもり！　ふだんからお父さんとわたしに面倒《めんどう》を見てもらってるくせに、せっかくの休暇《きゅうか》に家族みんなですごせる場所へ行きましょうって提案したとたん、二人とも文句ばっかり。いろいろ考えたけど、もうどうでもいいわ！」

結局、飛行機にさえ乗らず、車で湖水地方へ行って四、五日すごすことになった。遠くまで歩き、お父さんは途中《とちゅう》で、岩に腰《こし》かけたお母さんが『ウィリアム・ワーズワース選詩集』を読んだり、まるで自分は何者で、ここでなにをしているのかよくわからないみたいな顔をして遠くを見つめている姿を写真に撮《と》った。ただ、毎日、夕方ホテルにもどってくると、フロントの対応はいつもひどいし、ＷｉＦｉも全然つながらないので写真もアップできず、とうとうお父さんは、シャワーがしっかり止まらないといって支配人とけんかをしたあげくに、この休暇《きゅうか》はまったく時間のむだだった、と宣言した。

でも、じつは、休暇《きゅうか》は最初からうまく行ってなかった。ジェイソンが家族にうちあけてからもう三か月近くたつのに、それについて話しあうことはほとんどなくて、お母さんやお父さんが口をつぐんでいるのは予想どおりだったが、ぼくはジェイソンがこの話をまたもちだすつもりなんだろうか、もちだすとすればいつなんだろう、と気が気じゃなかった。「部屋の中にゾウがいる」という言いまわしは、こういう時のために考えられたんじゃないかと思うほどで、ただ、そのゾウは、ぼくらと一緒《いっしょ》に車の後部座席の隅《すみ》に押《お》しこまれ、散歩に出ればあとをついてきて、食事の席につくたびに、椅子《いす》を引っぱってきて横にすわっている気がした。四人とも、あたりさわりのない無難な話題ばかり口にしていたので、気がつくとぼくは、気まずい欲求不満と、びんづめにしたヒステリーのあいだでゆれていた。ある晩、夕食の席で、お父さんがぼくにむかって、さりげなく、おまえは大きくなったらなにになりたいか考えたことがあるのか、ときいてきた。でも、それまで十分ほど、だれもなにもしゃべっていなかったこともあり、ぼくはほとんどどなるように答えた。「漁師はイエス！　医者はノー！　司書もノー！　カーペット張りもノー！　ペンキ屋や内装業もいやだ！　動物園で働くのも、獣医《じゅうい》もごめんだ！　消防士になろうかな。いや、消防士はもう言ったっけ？」そのあとも、ぼくが必死に、自分にできそうな職業を次々《つぎつぎ》にあげていったものだから、ようやく口をつぐんだ時には、三人ともこっちをむいて、頭がおかしくなったんじゃないかといわんばかりの目つきで、じっとぼくを見ていた。ぼくはまた、エド・シーランのレコードを聴《き》いているところを見つかったような気分だった。

「まあ、とにかく、いろんな可能性を残しておくのはいいことだ」お父さんは小声で言うと、グラスに注いだリアルエール（昔ながらの発酵《はっこう》させたビール）に口をつけた。ほんとうはあまり好きじゃないのに、写真を撮《と》られた時に庶民的《しょみんてき》に見えると思っているらしい。

最後の日の夜、宿泊客《しゅくはくきゃく》の一人がお母さんに気づいた。六十代くらいの女の人で、髪《かみ》を高く結《ゆ》いあげて不自然な青い色に染めていたので、ぼくはアニメの『ザ・シンプソンズ』のお母さん、マージ・シンプソンを思いだした。

「おじゃまでなければいいんですが」その人はそう言いながら、こっちにやってきて片手をさしだした。

「あなた、わたしが思ってる方ですわよね？」

「それは、だれだと思っていらっしゃるかによりますけど」お母さんは答えた。

「閣僚《かくりょう》のデボラ・ウェイヴァーさんでしょ？」

お母さんはうなずき、頰《ほほ》をゆるめた。

「どうしてもお礼を申しあげたくて。ＥＵ離脱《りだつ》に尽力《じんりょく》くだすってありがとう。あなたはお若いから、当時のことをおぼえていらっしゃらないでしょうけど、テッド・ヒース（エドワード・ヒース。一九七〇～七四年にイギリス首相）が最初にヨーロッパ共同体に加盟した時、わたしは反対だったわ。いったいなぜわたしたちの国イギリスが、朝食に得体の知れない肉を食べ、しょっちゅう戦争をしかけあうような二等国の仲間にならなきゃいけないの？　だれかに教えてもらいたいくらいだったわ。それに、ほら、英語もしゃべれない人たちばかりなのよ！　あれから四十年もくっついたままだったけど、ようやく悪夢が終わるわ。あなたのような人たちのおかげで」

お母さんはすわったまま、少し居心地《いごこち》悪そうにもぞもぞと動いた。「あの、わたしはヨーロッパの同盟国を、必ずしもそのような目で見ているわけではありませんし、もちろん、これからも、協力していかなければならないわけで――」

「これは彼《かれ》らにとっての損失であり、どの国もそれをわかっているのです」マージ・シンプソン似の女性は続けた。「彼《かれ》らはみな、かつてイギリスとの同盟関係を望んでいました。セシル・ローズ（イギリスの政治家で、一八九〇～九六年に植民地首相を務める）がなんと言ったかご存知でしょう。『国籍《こくせき》を選べるのならどの国にするか、とたずねられたら、百人中、九十九人がイギリス人になりたい、と答えるだろう』と。まさにそのとおりだったのよ。現首相が退陣《たいじん》したあかつきには、ぜひ名乗りを上げてもらいたいわ。あなたこそ、わたしたちが必要とする人です。諸外国に立ちむかうことのできる人だから！」

「今のところ、首相の座は空いていません」お母さんは答えた。「ですから、当然ながら、自分の野心について考えたこともありません。今のわたしの仕事は、わが国の利益を守る道をさぐり――」

「ええ、そうでしょうとも」その女の人は片手のひとふりで、お母さんのお決まりの答えを一蹴《いっしゅう》した。「テレビのインタビュー番組じゃないんですから、とりつくろうことはないわ。あなたのお考えは、わたしもわかっています。聞いてくださいな、ここ数年、わが家のまわりがすっかり変わってしまって。となりに住んでる――、そう、うちのすぐとなりに住んでいるのは、なんと、パキスタンの人たちなのよ。デリーの近くから来たって聞いたわ。それともソウルだったかしら？　どちらかね。北のほうの島国だってことはまちがいないわ。それに最近は、通りを歩くたびに、男同士でうれしそうに手をつないでいる若者を見かけるし。女王陛下はどうお考えかしらね？　ぜひとも知りたいものね。いつも陛下のまわりをハンサムな若い男性たちがかこんでいるけど、ああいうお付きの人や制服姿の男性の中にも、そんな人がいるのかしら？　まさかねえ！　わかってちょうだい、わたしくらい偏見《へんけん》のない人間はいないわ。車には、エルトン・ジョン（イギリスの有名な歌手。男性パートナーと事実上の同性婚《こん》をしている）のヒット曲集のCDだって積んでるし。でも、なぜ、ああいう外国の人たちが、溶《と》けこみにくい地域にやってきて暮らさなきゃならないのか理解できないわ。自分の国にいたほうがきっと幸せでしょうに。ええ、それでも、よくしてあげていると思いますけどね」

お母さんたちは居心地《いごこち》の悪そうな表情を浮《う》かべて、ちらりと目を合わせたので、ああ、また、党の公式見解を言おうとしているんだなと思ったその時、ジェイソンがしゃべりはじめた。

「あなたのほうがきらわれたらどうするんですか？」

「なんですって？」女の人は、この時初めてジェイソンのほうに顔をむけた。

「その人たちにきらわれたらどうするんですか、と言ったんです」ジェイソンはくりかえした。「もちろん、その人たちが偏見《へんけん》をもっているということではなく、自分には、そこにどんな人が住むかを決める権利があると思っているような人間のとなりに住むのはいやだと言われたらどうします？」

「ジェイソン、やめなさい」お母さんが言った。

「息子《むすこ》さんですか？」マージ・シンプソン似の女の人はたずねた。

「ええ、でも、自分でもなにを言ってるかよくわかってないんです」

「なぜこんな髪《かみ》をしているのかしら？　なんだか、往年のツイッギー（一九六〇年代から七〇年代にかけて活《かつ》躍《やく》した女性モデル）みたい」

「もちろん、自分がなにを言ってるかくらいわかってますよ」ジェイソンはむっとした口調で言った。

「新聞も読むし、テレビも見るし、起きてる時間の半分はインターネットを見てますからね。しかも、母親は閣僚《かくりょう》ときてる。世界でなにが起こっているか、そこそこわかってるつもりです」

「ジェイソン！」お父さんが大きな声を出した。

「なに？」兄さんはとまどったようにききかえした。

「やめるんだ」

「ねえ、首に巻いてるそのスカーフ」女の人は身を乗りだして目を細めた。「男物じゃなくて、女物じゃない？　わたしの孫娘《まごむすめ》もそういうのをもってるわ。こう言うと失礼かもしれないけど、すごく女性っぽく見えてしまうわよ」

「ありがとうございます」

「いったいどうしてお礼を言われるのかしら？」その人は、ぼくらの顔を順に見ていきながら言った。「ほめ言葉じゃありませんよ。もしかして、少しおつむが弱いのかしら？　なにか精神に問題をかかえているの？」

「いいえ」お母さんが答えた。「思春期ってだけです。いろいろと迷う時期ですから」

「なるほど」女性は突《つ》きはなすように言った。「たしかに、思春期の若者は、ちがう生きものだと言ってもいいわね」

「とくにパキスタン人の若者や」ジェイソンが言った。「男同士で手をつないでる二人組はそうなんでしょう。じつは、歴史家たちのあいだでは、セシル・ローズはゲイだったというのは定説らしいですよ。恋人《こいびと》だった男性は彼《かれ》の腕《うで》の中で息をひきとり、その後、ローズは悲しみに暮れたそうです。そして、白人至上主義者で、根っからの人種差別主義者だった」

「あなた、礼儀《れいぎ》というものを知らないの？」女の人は声を荒《あら》らげ、骨ばった人差し指をジェイソンに突《つ》きつけた。

「どちらかと言えば、ほんとうに礼儀《れいぎ》をわきまえているのは自分のほうだと思いますけど」ジェイソンは言いかえした。「あなたは、ただの無知で頑固《がんこ》な老人だ。髪型《かみがた》はマージ・シンプソンだしね」

「ぼくもそう思ってた！」ジェイソンも、この人が漫画《まんが》のキャラクターに似てることに気づいてたんだと思うと、うれしくてつい大声が出てしまった。

「あら、そう！」女の人はそう言うと一歩下がり、ひどく傷ついたふりを装《よそお》った。「まさかお声をかけたら、侮辱《ぶじょく》されるとは思ってなかったわ」

「サム、だまってろ！」お父さんがどなったのは、ぼくが今にもお得意の冗談《じょうだん》のひとつをかまそうとしていると気づいたからだ。

「もうこれ以上おじゃましちゃいけないみたいね」その人はお母さんのほうにむきなおった。「プライベートでのご苦労がおありなのはよくわかりました。わたしはただ、ひと言お礼を申しあげたかっただけなのよ。今の首相が退陣《たいじん》されたら、わたしはあなたを支持しますわ。お役にたてるかわかりませんけど。ただしその前に、お子さんたちのしつけをきちんとなすってくださいな」

「ありがとう」お母さんは言った。「息子《むすこ》が失礼しました」

女の人は小さく鼻を鳴らすと、最後にもう一度ジェイソンをにらみつけ、食堂の奥《おく》の席にもどっていった。

「勝手にあやまらないでくれよ」ジェイソンは小声で言ったのに、まるで雷《かみなり》が落ちたような気がした。

「あやまるわよ、あなたがあんなふうに——」

「おまえはどうしてもこの休暇《きゅうか》を台無しにしたいのか？」お父さんは、きっ、とジェイソンのほうにむきなおり、言った。

「自分はただ――」

「礼儀《れいぎ》正しくふるまえないのなら、口をつぐんでいるのが一番だ」

「じゃあ、しゃべるな、って言うの？　思ってることを口に出すなってこと？」

「諸事情を考えると、やめておいたほうがいいだろう。それと、そのおかしなスカーフをとって、髪《かみ》をポニーテールにするのをやめてくれないか。ばかげた前髪《まえがみ》と妙《みょう》な段カットもなんとかしろ。『フレンズ』のレイチェル（アメリカのテレビコメディに登場する女性）みたいだぞ。おまえがそんな格好をしていると、横にすわってるほうはどんなに気恥《きは》ずかしいかわからないのか？」


ジェイソンとぼくは同じ部屋で寝《ね》ていたのだが、その晩、部屋へ上がっていくと、とても気まずかった。その気持ちはここへやってきた日の夜から胸の奥《おく》で感じていたのだけれど、それがここにいるあいだにいっそう大きくなっていた。ジェイソンが例の一大告白をする前なら、同じ部屋で寝《ね》るのは小さいころ以来だったので、楽しくてしかたなかったろう。でも、今は、不安で居心地《いごこち》が悪いだけだった。ジェイソンはテレビのチャンネルを変えながら、無頓着《むとんちゃく》にパジャマに着がえたけど、ぼくはパジャマをもってバスルームに入り、着がえて出てくる時はジェイソンのほうを見もしなかった。

でも、ベッドに入る時、兄さんがやっとポニーテールをほどき、髪《かみ》を肩《かた》にたらしているのに気がついた。夕食の席で問題になったスカーフは椅子《いす》の背にかけ、髪《かみ》を束ねていた青いシュシュは鏡台の上においてある。もしも明日の朝目をさまして、スカーフとシュシュがなくなっていたら、ジェイソンはどう思うだろう？　もちろん、ぼくがやったことだとわかってしまう。でも、どっちかひとつだったら、どこかにおきわすれてきたと思うかもしれない。どっちがなくなるほうがいやだろう？　スカーフか、それともシュシュか？　スカーフだ。まちがいない。

「サム？」

言われてふりかえると、ジェイソンが少し前からぼくの注意を引こうとしていたらしかった。

「どうした？」ジェイソンは言った。「なんだか夢でも見てるみたいだったぞ」

「ごめん」ぼくはそう言って、頭をふった。「ちょっと考えごとをしてたから」

ジェイソンは体をごろりとこちらにむけると、ぼくを見たまま片肘《かたひじ》をついて頭を支えた。

「どうしたんだよ？」

ぼくはきこうかどうか迷ったが、今きかないと、この先もきけなくなると思った。「学校のことなんだけど」

「うん」

「いろいろうわさになってるよね」

「そうだな」

「いやじゃないの？」

ジェイソンはため息をつくと、ひと呼吸おいて話しはじめた。「いやな話は聞きながすようにしてるんだ。それに、このことについては、友だちのほとんどはちゃんと受けとめてくれてるからな。なんて言ったらいいかわからないって感じのやつもいるけど。でも、だからいじめてやろうとか、そういうやつは一人もいない」

ぼくは苦笑いして言った。「そりゃそうだよ」

「どういう意味だ？」

「それは兄さんが兄さんだからさ。そうだろ？　ぼくだったら、にきびがひとつできただけでクラス中が大さわぎだ。兄さんだから言えるんだよ、自分は……えーっと……」

「トランスジェンダーだって」

「そう、それ。で――」

「ちゃんと言えよ、サム。言ったからって口に火傷《やけど》するわけじゃない」

「兄さんだから言えるんだ」ぼくはかまわず先を続けた。「いつも人気者だったから、だれにもいじめられたりしない。兄さんみたいな人にとっては簡単なんだ」

今度はジェイソンが苦笑いする番だった。「簡単だと思うか？　面とむかっていやなことは言われないかもしれないが、陰《かげ》でなんて言われてるか、知らないとでも思うのか？　すごく仲がいいやつらも、口をすべらせるんじゃないかとびくびくしてる。ここのところ、いくつか呼ばれなかったパーティーがあるのを知ってるか？」

ぼくは首を横にふった。知らなかった。

「ついこのあいだまで、パーティーに呼ばれる人リストの一番だったのにさ。今じゃ、月曜の朝に話を聞かされるだけだ。いいか、サム、こっちだってこの件で、おまえとはちがう仕打ちを受けてるだけで、ちっとも楽じゃないんだ」

ぼくはだまったまま、言われたことをよく考えてみた。でも、やっぱり、だれからも面とむかってからかわれずにすむのなら、そのほうが楽なんじゃないだろうか。

「ひとつきいてもいいかな？」先に口をひらいたのはジェイソンだった。

「いいよ」

「なぜおまえには友だちがあまりいないんだ？」

「え?」ぼくは驚《おどろ》いてジェイソンを見た。

「家にだれかをつれてきたことがないじゃないか。だれかの誕生パーティーにも行かないし、同級生の話もしない。しばらく前から、きいてみようかどうか迷ってたんだ」

ぼくは顔をそむけると、ジェイソンとは視線を合わせずにすむよう、クローゼットやカーテン、鏡など、さしさわりのないものに目をやった。そして、ようやく「友だちならいるよ」と答えた。

「いじわるで言ってるんじゃない」

「わかってる」

「心配してるだけだ」

「友だちならいるってば」ぼくはくりかえした。

「うまく字が読めないからなのか?」

ぼくは肩《かた》をすくめると、上がけの上に両手を出し、しばらく指をじっと見ていた。爪《つめ》が伸《の》びていたが、休暇《きゅうか》に爪切《つめき》りをもってくることは考えつかなかった。「みんなは、ぼくがばかだと思ってるんだ。悪口も言われるし」

「人間は、わからないものに対してそういう態度をとるもんだ」

「それに、兄さんはスポーツが得意なのに、ぼくは下手くそだから、からかわれる」

ジェイソンはしばらくだまっていたが、いざ口をひらくと、びっくりするようなことを言いだした。

「ミニバーをあさってみないか?」ぼくはどういう意味かよくわからず、兄さんを見た。「ミニバーだよ」ジェイソンはくりかえし、ベッドから飛びだすと、テレビの下にある冷蔵庫をあけた。中は小さなびんや缶《かん》に入った飲み物でいっぱいだった。「なにがいい? コーラ、ファンタ、スプライト——」

「あとでなにか言われたりしない?」

「かまうもんか。飲んじゃいけないんだったら、鍵《かぎ》がかかってるはずだろ。ほら」ジェイソンはそう言って、ファンタを投げてよこした。蓋《ふた》をあけると中身が吹《ふ》きでたので、ぼくは缶《かん》をもつ手をベッドのあいだに突《つ》きだした。ジェイソンは缶《かん》ビールをとりだすと、ベッドにもどり、吹《ふ》きでた泡《あわ》をすすり、唇《くちびる》についた泡《あわ》をなめた。ジェイソンはまだ十七歳《さい》で、ビールは飲んじゃいけないことになっていたが、ぼくは兄さんがビール好きなことは知っていた。時おり、友だちと遊んで夜おそく帰ってくると、わけもなくクスクス笑ってばかりいて、お母さんからは醸造所《じょうぞうしょ》みたいに酒くさいと文句を言われ、翌日はいつまでも起きられず、ぼくがちょっとでも近づくと、どなりつけてくる。

「じゃあ、サム、教えてくれ」とジェイソンは言った。「今から十年後、おまえは二十三歳《さい》だ。その時、どこにいる?」

ぼくは考えた。そして、「自分の家に住んでる」と答えた。

「なるほど。で、どんな家だ？」

「すごく広いんだ。大邸宅《だいていたく》だよ」

「もちろん」

「大金持ちになってるからね」

「当然だ。で、おまえはなにをしてる？」

「スポーツカーの幌《ほろ》をあけたまま、高速道路を飛ばすんだ！　好きな音楽をガンガンかけてね」

「エド・シーランか？」

「やめてよ！」

「で、どうやってそれだけの金をかせぐ？」

ぼくはまた考えた。「宝くじをあてる」

「そいつは運がいい。分けてくれるんだろうな？」

「少しだけね。あんまりたくさんはだめだ。甘《あま》やかしたくないから」

「それはどうも」ジェイソンは笑った。「じゃあ、現実にもどろう。まじめな話、今から十年後、おまえはどこにいると思う？」

ぼくは肩《かた》をすくめた。「さあね。知らないといけないのかな」

「いいや」ジェイソンはそう言うと、さっき床《ゆか》に投げてしまった予備の枕《まくら》を拾い、それによりかかった。「知らなきゃいけない理由なんてひとつもない」

「兄さんは、ぼくくらいの時、自分がなにになりたいかわかってた?」

「わかってることはいくつかあったな」

ぼくは唇《くちびる》をかんだ。話がどっちにむかっているか察しがついたし、そういう話をしたいのかどうか、自分でもよくわからなかった。「ふーん、じゃあ、兄さんはどうなの? 今から十年後、二十七歳《さい》の兄さんはどこにいる?」

「そう来たか」ジェイソンはニヤリと笑うと、ぐーっとビールをあおった。「そうだな、まず、超《ちょう》有名な人気作家になってる」

「すごいね」

「出す本は全部ミリオンセラー、文学賞も総なめだ」

「もちろん!」

「で、愛してくれる美人のガールフレンドがいて、相思相愛なんだけど、その子は淫乱《いんらん》で、一日に十回もやりたがる」

ぼくはクスクス笑いだしたものの、なぜ笑っているのか自分でもよくわからなかった。

「どうした？」ジェイソンは、ぼくの変化に気づいたらしい。

「なんでもない」

「なんでもなくない。なにかあるんだろ。言ってみな」

「いや、だって……ほしいのはボーイフレンドじゃないの？」

「なぜそう思う？」

「わからないけど」

「ゲイじゃないってことはわかってるよな？」ジェイソンは少しいらついた口調で言った。「いや、もしゲイだったとしても、やっぱり隠《かく》したりせず、おまえに教えていただろう。でも、ゲイじゃない」

「もしかして、兄さんは自分がゲイだってわかってないだけかも」

「わかってるのは、おまえが洋服ダンスの奥《おく》に鍵付《かぎつ》きの特別な箱をしまっていて、中はお母さんが読みおえたヴォーグでいっぱいで、一番上にはいつも下着特集号がのってるってことだ」

「あ……」ぼくは、一気に顔に血が昇《のぼ》ってくるのがわかった。

「なんとも思ってないよ」ジェイソンは笑いながら言った。「そんなに恥《は》ずかしそうな顔をするな。たいしたことじゃない」

「恥《は》ずかしくなんかない」

「なに言ってる。今、おまえの顔に卵を割って落としたら、五秒で目玉焼きができるぞ。ああいう雑誌なら自分ももってる。それに、おまえが人の部屋を物色して見つけたこともわかってる。なにがのってた？　部屋にあった雑誌のことだぞ」

「女の人の写真」

「そのとおり。女性の写真だ。男の写真はあったか？」

「まあ、少しは。でも、みんな女の人と写ってた。抱《だ》きあってるところが」

「男の写真が見たくて買ってくるわけじゃない。母さんたちが、ぼくらのパソコンの閲覧《えつらん》規制をはずそうとしないからだ」

「わかるよ。ぼくもむかついてる」

「だから、ゲイじゃない」

「わかった」

「ゲイじゃないんだ！」

「わかったってば」ぼくはだんだんいらついてきた。「でも、兄さんが自分はほんとうは女だって感じてるんなら、男といたいって思うんじゃないの？」

「そうと決まったわけじゃない。その辺はちょっとややこしいんだ」

「じゃあ、ちゃんと教えてよ」ぼくは、今度はジェイソンのほうにむきなおった。「なにがどうなってるかわからないんだ。説明してくれよ」

ジェイソンはすわりなおすと、ため息をつき、またビールをぐーっとあおって飲みほしたかと思うと、次の一本をとってきた。

「一番幼いころの記憶《きおく》を教えてやろうか」ジェイソンが言ったので、ぼくはうなずいた。「保育園に入ってすぐ、三歳《さい》のころだった。おぼえてるか、あの保育園？　おまえも小さいころに通ってた」

「うん」ぼくも小学校に入る前、そこに一年通っていた。子どもたちはさわぎ放題で、ぼくはあとにも先にも、あんなにたくさんのレゴを見たことがない。ほんとうに楽しかったのをおぼえてる。

「初めてあそこへ行った日のことだ。アミーリアという女の子とジャックという男の子と三人で遊んでた。アミーリアが、おしっこに行きたいと言ったら、ジャックも行きたいと言いだして、だから、自分も行きたいと言って、三人そろってトイレに行くことになった。トイレは当然、男子用、女子用に分かれていたんだが、入口はすぐとなりにならんでた。前まで行くと、ジャックは男子トイレ、アミーリアは女子トイレに入っていったんだが、自分はアミーリアのあとをついていった。そしたら、中に入るか入らないかのうちに、悲鳴をあげたアミーリアに外へ押《お》しだされた。先生がやってきて、こっちじゃないよ、男の子用はあっちだよ、と言ったのに、自分は首を横にふって、入ろうとしなかった。先生がなにを言っても、男子トイレには入ろうとせず、自分は女子トイレを使うんだ、って言いはった。いいか、まだ三歳《さい》で、そういうことはなんにもわかってなかった。でも、感じたんだ……自分が入るのは女子トイレだってな。結局、先生は女子トイレを使わせてくれず、おしっこがもれちゃって、ほかの子どもたちみんなから笑われて指をさされた。このことは、あんまり気にしてなかった。だって一時間もすれば、同じ部屋にいるだれかが、なにかの理由でパンツをぬらしてたんだから。タイタニックに乗りあわせた乗客みたいなもんで、夕方になれば、ほとんど全員が同じような目にあってた。それはともかく、翌日の朝、お母さんとお父さんが呼びだされ、自分も二人にしかられて、それ以来、行きたくなったら必ず男子トイレを使うはめになったんだが、じつはあの日から今の今まで、違和感《いわかん》は残ったままだ」

「そう言えば、いつも障害者用のトイレを使うよね」ぼくは小声で言った。何年か前から気づいていたが、よく考えたことはなかった。人の目が気になるんだろうと思っただけだったのだ。

「だろ。まさか女子トイレに入るわけにはいかないからな。でも、男子トイレもなんとなくしっくり来ないんだ」

「つまり、そういうこと?」ぼくは、これが一番の理由ってわけじゃないだろうと思いながらたずねた。

「だから兄さんは自分が女だと思うの?」

「もちろん、そうじゃない。ただ、それが最初の記憶《きおく》ってだけだ。でも、これまでの人生、そんな出来事の連続だった。クリスマスに人形がほしいと言っても、だめと言われて、おもちゃの鉄砲《てっぽう》やコンピューターゲームにしなきゃならなかった。新しい服を買いにデパートにつれていかれると、この売り場じゃないと思ったし、ひとつ上の階に自分を引きつける磁石があるみたいだった。おまえはおぼえてないと思うけど、十二歳《さい》くらいの時、自分の誕生日会をするのに、男の子は一人も呼びたくないと初めて思った。女の子だけにしたい、ってね。ちょうど、男の子がきらいになる時期だったんだ。そしたら、お父さんからしばらくカサノヴァ（十八世紀のイタリア人男性で、華《はな》やかな女性遍歴《へんれき》で有名）って呼ばれたけど、そういうことじゃなかったんだよな。ちょうどまわりのみんなも体つきが変わりはじめる時期で、どうも自分は、男の子より、女の子といるほうが落ちつくような気がした。言ってること、わかるか？」

ぼくはだまっていた。

「こう考えてくれよ、サム」ジェイソンは続けた。「おまえは今十三歳《さい》だよな。もし同じクラスの子が四人家に来て、おまえの部屋で午後中ずっとすごすことになったら、男四人と女四人、どっちが一緒《いっしょ》にいて気が楽だ？」

「男四人」

「なのに、肌《はだ》を見せた女の子の写真は見たいだろ。おまえの年ごろはそういうもんだ。でも、自分はちょっとちがってた。一緒《いっしょ》にいたいのも女の子、見たいと思うのも女の子だった」

「じゃあ……兄さんはゲイってことでしょ？」

「だから、言っただろ――」

「いや、そうじゃなくて、ほんとうは自分は女だと思ってて、でも好きになるのも女なら、それは結局兄さんはゲイってことだろ？　レズビアンの女の人たちみたいにさ？」（「ゲイ」という言葉は広く同性愛者をさし、男女ともに用いられる。ただし、女性同士をさす場合は「レズビアン」が用いられることが多い）

「うん、まあそうかな」兄さんは考えながら言った。「よくわからないや。そのあたりがちょっとややこしいんだ。まだ、ちゃんと頭の整理がついてない。答えを全部知ってるわけじゃないんだよ、サム。まだ十七だし。自分でも、どういうことか理解しようとしてる最中だからな。すごくむずかしい」

「じゃあ、サッカーは？」

「たまたま好きなものがサッカーってだけさ！　それに得意だし！　女の子の中にもサッカーがうまい子はたくさんいるだろ！」

「要するに」ぼくは、どういうことか、少し考えてから言った。「自分はおまえの兄さんじゃない、って言っただろ。ぼくはあれがいやだったんだ」

「言い方が悪かったのかもな。でも、ひとつ確かなのは、おまえは弟だってことだ。この先もずっとそれは変わらない」

「でも、兄さんは男だ」ぼくは言いはった。

「おまえがまた、おちんちんの話をもちだしたら、ゲイはおまえのほうなんじゃないかって疑うぞ」

なにもかもややこしくなりすぎて、とても冗談《じょうだん》で返す気になれず、ぼくはベッドからおり、バスルームへ行った。中に入って鏡をのぞき、じっと自分の顔を見た。ぼくは男だよな？　頬《ほほ》とあごにさわってみる。上唇《うわくちびる》の上をなで、ひげが生えていないかさぐりながら、すぐにでも生えてくればいいのにと思った。それから、パジャマのズボンの中をのぞいてみた。ぼくは男だ！　兄さんのジェイソンが突然《とつぜん》変わってしまったってことは、ぼくも変わるかもしれないんだろうか？　ぼくは変わりたくない。

ドアにノックの音がした。

「サム？　だいじょうぶか、サム？」

「うん」

「じゃあ、出てこい」

「トイレだよ」

「ああ、でも、用を足しに入ったんじゃないんだろ。出てきてくれよ」

ぼくはしばらく待ってから、鍵《かぎ》をあけてバスルームから出ると、急いでベッドに飛びこみ、シーツをあごまで引っぱりあげた。

「わかったよ」ジェイソンはため息をつき、のろのろとベッドにもどって毛布の下に体を入れた。「おまえが一番怖《こわ》がってることはなにか言ってみな」

ぼくはごくりとつばをのんだ。「もしぼくもそうなったらどうすればいい？」

「どういう意味だ」

「もしぼくが、ある朝目がさめて、自分は女だと思ったらどうすればいい？」

ジェイソンは笑い、首を横にふった。「おまえは絶対にそうはならない」

「どうしてわかるの？」

「どうしてもだ」

「女になんかなりたくない」ぼくは食いさがった。涙《なみだ》がこみあげてくるのがわかる。「女の子はきらいだ――」

「きらいじゃないだろ」

「うん、だけど、女になりたいわけじゃない。妙《みょう》な服を着て、香水《こうすい》をつけて、はしゃいだり、人にむかって目をくるりと回したり、いじわるしたり、口をひらけばジャスティン・ビーバー（カナダの若手人気男性歌手）がどうのこうの――」

「おいおい、なに言ってるんだ、サム」ジェイソンはいらついた声で言った。「女の子だって、ほかにもいろいろ考えてるさ。そういう決めつけをするやつはクズ野郎《やろう》だ」

「そんな……」

ジェイソンはため息をついた。「いいか、サム。おまえはなにも心配しなくていい。ひとつ確かなことがあるとすれば、この件に関しては、自分たちは似てないってことだ。おまえは男で、これからもずっとそうだ」

「疲《つか》れた」ぼくは言った。「もう寝《ね》たい。ねえ、寝《ね》ようよ。この話はもうやめてさ」

「でも、きらいにならないでくれよな」

「きらいなわけないじゃないか。ただ、治ってほしいだけだよ」

「治ってほしい？」ジェイソンはベッドの上で体を起こすと、信じられないという顔でじっとこっちを見た。ぼくはなにかおかしなことを言ってしまったんだろうか。「今、言ったよな、治ってほしい、って？」

「うん。それがどうかした？」

「じゃあ、おまえは、これが病気だと思ってるのか？　なにか病気にかかってるって？」

ぼくはしばらく答えなかった。どう答えればいいか、そして、ジェイソンがどんな答えを聞きたがっているのかわかっていたけれど、もうどうでもいいと思った。「だって、お母さんとお父さんがそう言ってたから」そう言いながらぼくは、お母さんたちのせいにするのはずるいとわかっていた。

「そうか」ジェイソンはようやく言った。「おまえがそんなふうに思ってるとはな」

「明かりを消してくれない？」ぼくは横になり、ジェイソンに背をむけた。

「まだ寝《ね》ない。疲《つか》れたのなら目をつぶれ。じきに眠《ねむ》れるさ」

ぼくは言われたとおりにした。目をとじ、しばらくしてから、眠《ねむ》ったと思われるように息のしかたを変えた。でも、寝《ね》たふりをしていて困るのは、次々《つぎつぎ》に缶《かん》ビールをあける音が聞こえ、やがて涙《なみだ》にくれながらベッドに入る気配がしても、顔を上げてそっちを見ることができず、その人が寝入《ねい》るのを待ってから、ようやく起きあがって部屋の明かりを消すはめになることだ。そして、今さらもう、あやまることもできない。

4 金魚とカンガルー

　ぼくの宿敵デイヴィッド・フューグが、父親の会社の協同経営者のお姉さんのとなりに住んでる人のいとこが、ついこのあいだ、ハリー王子と奥《おく》さんのメガンと一緒《いっしょ》にどんなふうに週末をすごしたのかという話で、ぼくらを死ぬほど退屈《たいくつ》させていた時、教室のドアにノックの音がして、学校秘書のフリンさんが入ってきた。

「失礼します、ラウリー先生」フリンさんはそう言って、教室内を見まわした。「サム・ウェイヴァーくん、荷物をまとめて、わたしと一緒《いっしょ》に受付まで来てください。ご両親がお待ちです」

　この思いがけない呼びだしに、クラス中が声を上げたり、口笛を吹《ふ》いたりして、なにはともあれ授業が中断したことを喜び、ぼくが退学させられるんじゃないか、いや、逮捕《たいほ》されるんだ、養子にもらわれていくんだよ、などと口々《くちぐち》に言いあっていた。

「初めてのブラジャーのサイズ合わせに行くんじゃないか?」デイヴィッド・フューグが大声で言ったので、ぼくは、思いきりにらみつけてやった。「それとも、兄貴が着れなくなったお下がりですますのかな」

「うるさい」ぼくはどなった。

「おっと、みんな気をつけろ、やつは生理中だぞ」デイヴィッドはそう言うと、腹をかかえて笑いだしたので、ぼくはだっと席を立ち、左右のこぶしをにぎりしめて殴《なぐ》りかかろうとした時、ラウリー先生がすんでのところであいだに割って入ってくれた。まあ、正直、ぼくもそれを望んでいたわけだけど……。目立たずにすごしていた日々《ひび》が終わってしまった。これでみんなに注目されてしまう。

「カバンと上着をもつんだ、サム」先生は落ちついた声で言った。「フリンさんについていきなさい」

「おぼえとけよ、フューグ」ぼくは、やつのほうに指を突《つ》きつけて言った。「ただじゃおかないからな!」

「へえ? で、どうするつもりだ? ハンドバッグで殴《なぐ》るのかい?」

「やめないか、デイヴィッド!」ラウリー先生はさっとむきを変えてどなると、デイヴィッドをにらみつけた。「きみの口から、もうひと言でも出たら――」

「なんにも言ってませんよ、先生!」デイヴィッドは、まるでわけもなくしかられたことが信じられないとでもいうように、両手を上げてみせた。

ぼくは持ち物をまとめると、恥《は》ずかしさと怒《いか》りで顔を赤くしながら教室を出て、フリンさんについて廊下《ろうか》を歩いていったが、その間もまだ、笑い声が聞こえていた。ぼくは自分に言いきかせた。ここのところ、学校ではうまくやっていたし、人気者リストの上位にはほど遠いけれど、目の敵《かたき》にしてくるやつもいなかったのに、今はこうしてみんなの笑い者になっている。でも、ぼくはなにひとつ、なにひとつ悪いことなんてしてない。

この時はまだ、なにが起きているのかわからなかったが、受付まで行くと、お母さんとお父さんが待っていた。その横にいる兄さんのジェイソンを見たとたん、ぼくはくるりと目を回した。ジェイソンは、女の子っぽいスカーフを巻き、長い髪《かみ》をまたポニーテールにして赤いシュシュで束ねていたが、それは、休暇《きゅうか》中に青いシュシュがいつのまにかなくなってしまったからだった。一瞬《いっしゅん》、ぼくもジェイソンも、今の学校からつれだされ、これっきり、どこか別の、だれもぼくらを知らない学校に通うことになるんじゃないかと思った。もしかしたらホグワーツかもしれない。ホグワーツなら、ぼくはジェイソンを魔法《まほう》にかけて、もとにもどしてやれるのに……。

「時間がかかったわね」お母さんは腕《うで》時計をちらりと見た。

「どうしたの?」ぼくは、呼ばれてすぐ来たのにと、少しいらつきながらききかえした。「ここでなにしてるの？」

「行くところがある」お父さんが答えた。「四人そろってだ」

サッカー部のリザーブの選手、つまり、レギュラーでやれるほどうまくない選手たち三人が通りかかり、ぼくらを見て笑いだした。

「ホモ野郎《やろう》」一人が小声で、でもぼくらに聞こえるくらいの声でつぶやいた。

「ピーター・ホプキンス、今なんて言いました？」フリンさんがふりかえって問いただしたのに、そいつは肩《かた》をすくめただけで、無視してそのまま歩いていってしまった。学校秘書には生徒を罰《ばっ》する権限がないので、フリンさんは先生なみの権威《けんい》を示すのにいつも苦労していた。

「じゃあ、みんなに知られてるの？」お母さんは、兄さんを見て言った。

「なにが？」ジェイソンはききかえした。「あいつはホモ野郎《やろう》って言ったけど、そうじゃないんだから、『みんなに知られてるの？』って言われても、なんのことかわからないね」

「いいえ、わかってるわ」お母さんは言った。「理屈《りくつ》をこねないでちょうだい」

「ここは学校なんだ。学校は理屈《りくつ》を教わるところじゃないか」

「やめないか」お父さんが声を荒《あら》らげた。「さあ、行こう。もうずいぶん時間をむだにしてる。車が待ってるぞ」

「でも、どこへ行くの？」ぼくは歩きながらたずねた。玄関《げんかん》にむかう廊下《ろうか》の壁《かべ》には、歴代サッカー部の写真がずらりとならんでいる。第一次大戦前の写真に写っている少年たちは、自分たちがもうすぐ短い生涯《しょうがい》を終えるのを知っているかのように、不安げな表情を浮《う》かべ、暗く沈《しず》んだ目をしていた。ぼくはこうした写真にいつも心を奪《うば》われ、とても悲しい気持ちになった。そして、一番新しい写真の前まで来ると、最前列の真ん中にジェイソンがすわっていた。

写真のジェイソンは、だれかが赤いマジックで描《か》いたドレスを着せられていた。

外に出ると、ブラッドリーが公用車の後部座席のドアをあけて待っていたので、お母さんとお父さん、そしてぼくは急いで乗りこみ、ジェイソンは反対側に回って助手席にすわった。ブラッドリーは、二年前からお母さんの専属運転手を務めている。お母さんは、機嫌《きげん》がいい時は親友同士のようにブラッドリーとおしゃべりするのに、そうでない時は、まるでそこにだれもいないみたいな態度をとるので、ブラッドリーはいつも礼儀《れいぎ》正しいけれど、じつはお母さんのことはあまりよく思ってないんじゃないかとぼくは疑っていた。ジェイソンとは一番なかよくやっているが、それは二人ともサッカーファンだからで——ただし、それぞれロンドンの南と北にあるライバルチーム、チェルシーとアーセナルのファンなんだけど——、二人でいる時は、いつまでもその話題でおしゃべりができる。

「場所はわかってるの、ブラッドリー？」お母さんは携帯《けいたい》をとりだし、メールをチェックしながら言った。

「はい」ブラッドリーは答えた。「多少の前後はあっても、二十分ほどで着くと思います」

「ブラッドリー」お父さんが前の座席のあいだに身を乗りだして言った。「言うまでもないことだとは思うが、これはプライベートな――」

「二十分ほどで着くと思いますよ」ブラッドリーはくりかえし、校門から表の道路に車を出した。お父さんは少し迷っていたが、すぐに座席に背をもたせかけ、窓の外をながめはじめた。

「どこへ行くのか、だれか教えてくれないかな」ぼくはたずね、腕時計《うでどけい》をちらりと見た。授業はまだ二つ残っていたし、数学は、少し前に受けたテストが返されることになっていたので、とても楽しみにしていたのだ。数学はあまり言葉を使わずにすむから、けっこう得意で、今回はAをもらえるんじゃないかと思っていた。

「サイモンの発言は読んだ？　ロシアの北極海沿岸部での核《かく》兵器集積についての……」お母さんはあいている手でｉＰａｄの画面を操作しながら、つぶやくように言った。

「ああ、見たよ」お父さんは答えた。「あらかじめきみの了解《りょうかい》を得ていたのかい？」

「ええ、たしかに原稿《げんこう》は送ってきてはいたけど、了解《りょうかい》を得たとまでは言えないわね。おそらくサイモンは、レイチェルとボビーがこの件にどう反応するかで、二人の立場を見きわめようと思ってるんだわ。ジョーはすぐに反論したし」

「ねえ、うちに帰るの？」ぼくはたずねた。「なにかあったの？」

「ジョーは自分から旗幟《きし》を鮮明《せんめい》にしようとしている」お父さんは続けた。「いざという時に支持が得られるか、さぐっているんだろう」

「得られるかしら？」

「それは数時間後にわかる」

「来年はおもしろくなるぞ」ジェイソンがブラッドリーに話しかけた。「ここまではチェルシーに有利だから、このままいくと、ブラッドリーは、今まで見たことのない、チャンピオンズリーグの舞台《ぶたい》にあちこち行けるかもね。そうなったらもうけものだよねえ」

「むかつくやつだ」ブラッドリーは笑いながら答えた。「どうせ、アーセナルはいつものように、しぶとく四位に入ると思ってるんだろう？　あんまり期待しないほうがいい。そうすりゃ、あとでがっかりせずにすむ」

「家に帰る道じゃないよ」ぼくは窓の外を見て言った。車は地下鉄のグリーンパーク駅の前を通りすぎていく。

「ガーディアン紙の七ページに、また健康被害《ひがい》の記事がのってるわ」お母さんが言った。

「ルイス・レポートが来週の木曜日に発表されるといううわさを聞いた」お父さんはそう言うと、ポケットから携帯《けいたい》をとりだして調べはじめた。

なにを言っても聞いてくれそうにない。ここでは、ぼくは存在しないも同然で、学校では目立たなくなるマントをぬがされてしまったかもしれないが、家族の中ではなにも変わっていないようだった。ぼくはただ外を見るだけにして、信号で停《と》まるたびに女の人をさがして見ていた。政府公用車の窓ガラスは外からは中が見えないように加工されているので、いくらじろじろ見ても相手に知られる心配はない。

まもなく車は、ロンドンのぼくが全然知らない地区を走りはじめ、そう遠くまで走らないうちに、何百年も前から建っているように見える、レンガ造りの高い建物がならぶ一画で止まった。

「大臣、着きました」ブラッドリーが言うと、お母さんとお父さんは、まるでいつまでも到着《とうちゃく》しなければいいとひそかに思っていたみたいに、大きなため息をつきながらシートベルトをはずした。ぼくもよく、歯医者につれていかれた時にこういうため息をつく。

「一時間もかからないだろう」お父さんが言った。

「ここには駐車《ちゅうしゃ》できません」ブラッドリーは答えた。「どこか近くに停《と》めます。お帰りになる時に電話してください」

「公用車の印をつけて停《と》めておけば？」お母さんが言った。

「お望みならそうしますが——」ブラッドリーはもったいぶった口調で答えた。「公務で来たわけじゃありませんので、交通監視員《かんしいん》が通りかかったら理由を説明しなくてはなりません。それでもよろしければ」

お母さんとお父さんは、しばらくだまったまま顔を見あわせ、顔をしかめていた。「じゃあ、適当に近所を走っててもらおうか」ようやくお父さんが言った。「四時ごろ迎《むか》えにきてくれ」

お母さんとお父さん、そしてぼくは車からおりたが、ふと見ると、ジェイソンは助手席にすわったまま、視線をぴたりと前にむけ、こっちを見ようとしなかった。ぼくは、ここはどこだろうと思いながら、左右をすばやく見まわしてみたが、見おぼえのあるものはなさそうだった。

「ジェイソン」お母さんがそう言って、窓ガラスをノックした。「おりなさい」

兄さんはじっと前を見たまま、押《お》しだまっている。

「ジェイソン！　何度も言わせないで」お母さんがどなった。そして、すごくいらついた口調で「ブラッドリー、どうにかしてよ」と言ったが、ブラッドリーは肩《かた》をすくめただけだった。

「この座席は宙に飛びだしたりしませんからね。ジェイムズ・ボンドの映画じゃありませんから」

「ジェイソン」お父さんがどなり、窓ガラスをこれでもかという勢いでたたいたので、割れるんじゃないかと心配したが、防弾《ぼうだん》ガラスでできてることはブラッドリーから聞いて知っていた。「今すぐおりなさい」

ジェイソンはようやく折れ、シートベルトをはずしてドアをあけた。

「わかった。でも、言っとくけど、来たかったたわけじゃないし、しぶしぶ承知しただけだってことははっきりさせておくよ」

「じゃあ、わたしも言っておくけど」お母さんが応じた。「それはどうでもいいことよ。とにかく早くして。こういう場所は、だれが見てるかわからないんだから」

戸口前の階段を上がると、お父さんが呼び鈴《りん》を鳴らす間もなく、ドアがひらき、白髪《しらが》まじりで縁《ふち》の太いメガネをかけた六十歳《さい》くらいの女性が姿を見せた。シュレディーズ（シリアルの商品名）のコマーシャルに出てくるおばあちゃんのような人だった。

「大臣」その人は片手をさしだしながら言った。「どうぞ、お入りください」

「その呼び方はやめてちょうだい。ウェイヴァーさんでいいわ」お母さんは、いつもは肩書《かたが》きで呼ばれるのがうれしそうなのに、すぐにそう言った。

「承知しました」女性はそう言うと、ぼくらを中に通し、ドアをしめた。

「この件は慎重《しんちょう》にあつかっていただけますか」お母さんは言った。「万一、この話がマスコミに――」

「ウェイヴァーさん、ご心配にはおよびません」女性はお母さんを見たが、その顔には、以前ならあなたに投票することを考えたとしても、今はもうするつもりはありません、と言いたげな表情が浮《う》かんでいた。「あなたがここにいらっしゃることはだれにも知られていませんし、今後も知られることはありません。わたくしどもはきわめて専門的な組織であり、今までにもとても高名な方々《かたがた》がお見えになっていらっしゃいますし、また、これからもお見えになるでしょう」

「そうなんですね」お父さんが言った。「で、ほかにはどなたが？　政界でもだれかいるんですか？」

「ウェイヴァーさん、当然ですが、それは申しあげられません」

「いいじゃないですか。だれにも言いませんから」

女性は答えず、先に立って歩いていったが、廊下《ろうか》には分厚いカーペットがしきつめられ、壁《かべ》には丘《おか》や山が描《えが》かれたおもしろみのない古い絵がならんでいた。香料《こうりょう》入りのキャンドルのにおいがあたりにただよい、パンパイプの音が流れている。まるで高級ホテルのエレベーターの中みたいだった。

「こちらで少々《しょうしょう》お待ちいただけますか」女性がドアをあけ、ぼくらは広い部屋に入っていった。「まもなく先生がいらっしゃいます」

壁際《かべぎわ》の小さなテーブルにおかれたガラス鉢《ばち》の中で、金魚が一匹《ぴき》だけ、くるくる泳ぎまわっていた。近づいてみると、気晴らしになるような石やミニチュアの木を入れてやろうとはだれも考えなかったらしく、ちょっとかわいそうだった。ガラス鉢《ばち》の横に顔を近づけて観察してみたが、金魚はぼくに関心がないらしく、水の中をせかせかと泳ぐ様子は、まるで約束の時間におくれるのが心配でしかたがないかのようだ。

「金魚のオスとメスはどうやって見わけるの？」ぼくは、お母さんたちをふりかえってたずねた。

「ふざけてるのか？」お父さんが答えた。「わからんね。金魚のオス、メスなんて見わけられんだろう」

「ふざけてなんかない。ほんとに知りたいんだ。だって、金魚にはおちんちんがないんだから」

「どうして、男はこう、女はこう、って話ばかりするのよ」お母さんが、いらついた顔をしてぼくを見た。「まったく、そんなことばっかり考えてるんだから」

「そういう年ごろさ」お父さんが言った。「きわめて正常だよ」

「よかったね、正常な子どもがいて」ジェイソンが言った。

「やめてちょうだい」お母さんはそう言って、くるりと目を回した。「なにか言いたいのなら、先生の部屋に入ってからにして。そしたら、あなたがおかしくなったのは、全部わたしたちのせいだって言えばいいわ」

「へえ、知らなかったよ、自分がおかしくなってるなんて」

「金魚はとりあえず交尾《こうび》して、あとは運しだいと思ってるのかな」ぼくは言った。「相手がオスでもメスでもかまわないのかもね」

「下院の平議員の席にはそういう人たちが何人かいるわ」お母さんがつぶやいた。

「投票時間は七時半にずれこんだぞ」お父さんが言った。ピーンというメールの着信音がして、携帯《けいたい》を確かめたところだった。「これで少し余裕《よゆう》ができた」

「よかったわ。どういう意見に与《くみ》するとしても、その前に党内の温度を確かめておきたいから」

「オスがメスを追いかけるんだ」ジェイソンは、ぼくのほうを見て言った。「本能的に見わけて、どうすればいいかわかるのさ。で、好きな相手にめぐりあう。そうすると、メスはすごく興奮して卵を産みおとし、オスは精子をかける」

「へえ。どうしてそんなこと知ってるの？」

「どこかで読んだ」ジェイソンは肩《かた》をすくめた。

「ところで、ここはどこなの？　どうしてお医者さんに来たの？　だれかぐあいが悪いの？」

「どうやら、そう思われてるらしい」ジェイソンは答えた。

「ジェイソンは体の病気じゃない」お父さんが口をはさんだ。「でも、明らかに、その……心に問題がある。お父さんたちは家族として、だれかに相談して、助けてもらうほうがいいと思ったんだ」

「ふーん。じゃあここで治療《ちりょう》してもらうの？」

「カウンセリングよ」とお母さん。

「どうちがうの？」

お母さんが答える前にドアがあき、さっきのシュレディーズのおばあちゃんみたいな人が顔をのぞかせた。

「お待たせして申しわけありませんでした。ワトソン医師がお呼びです」

ぼくは思わず笑いだしてしまった。「ワトソン医師だって？」

「そのとおりです」女の人はふりかえってそう言ったが、浮《う》かべていた笑顔《えがお》はたちまち消えてしまった。

「ジョン・ワトソン医師です。なにかおかしなことでも？」

「名前はジョンなの？」ぼくは思わず大声で言ってしまった。

「ええ。なにかおかしなことでも？」

「あの……ほら」ぼくは顔が少し赤らむのがわかった。「シャーロック・ホームズです。ジョン・ワトソン医師でしょ。だから……おもしろいなと思って。それだけです」

「わたしにはわかりませんね」女の人はそう言うと、ひどく侮辱《ぶじょく》されたという顔をした。「ワトソン先生はこの分野でもっともすぐれた専門家の一人です。あなたにからかわれるいわれはありません」

「ごめんなさい」たしかに、そう言われるとぐうの音も出なかった。「すみませんでした」

「それから、ズボンのジッパーがあいてますよ。上げておいたほうがいいんじゃありませんか」

下を見ると、たしかにジッパーがあいていた。朝からあいてたんだろうか？　もしそうなら、なぜだれも言ってくれなかったんだろう？　時おり、同じ部屋にいても、だれもぼくに気づいてないんじゃないかと思うことがある。

テレビで見たホームズ物のドラマから考えて、ワトソン先生は、フロイト（精神分析学《ぶんせきがく》の創始者）みたいなあごひげを生やし、革の肘《ひじ》あて付きのツイードの上着を着た年配の男性じゃないかと思っていた。というのも、その部屋は床《ゆか》から天井《てんじょう》まで本でいっぱいで、まるで百年以上だれも掃除《そうじ》していないように見えたからだ。ところが驚《おどろ》いたことに、ワトソン先生はとても若くて、まだ三十五歳《さい》くらいにしか見えず、友だちとこれからパブにくりだすような服装で、コールドプレイ（イギリスのロックバンド）のボーカルによく似ていた。

「はじめまして、よくいらっしゃいました」先生はそう言うと、自分の椅子《いす》とむかいあわせにおいてあるソファと二脚《きゃく》の椅子《いす》を示した。お母さんとお父さんがソファにすわり、ジェイソンとぼくが椅子《いす》に腰《こし》かけた。「こうした個人的な問題を他人に話すということで、少し緊張《きんちょう》されているのではないかと思いますが、ご安心ください。ここは判決を下す場ではありませんし、この部屋の中でうかがったことが外部にもれる心配はまったくありません」

「その点にふれてくださって助かりました」お父さんはそう言うと、書類カバンの中をさぐり、六、七ページある書類を入れたフォルダーを引っぱりだした。「じつは、話を先に進める前にサインしていただきたいものがあります。情報がもれないように、この場にいる全員を対象とするものです。むろん、きわめて標準的な内容です。特別なことはなにも書いてありません。各ページ、ここと、ここと、ここにイニシャルサインをいただき、最終ページに正式なサインをいただければと思います。それから、先生がサインをしているところを写真に撮《と》らせていただく必要があります」

「申しわけありませんが、それはできません」ワトソン先生は、手早くぱらぱらと書類をめくると、返してよこした。「相談に来られた方との法的なとりきめを結ぶことはいたしません。よい結果をめざそうと思うなら、互《たが》いの信頼《しんらい》関係にもとづいて動くことが必要です。ただし、わたしは医師免許《めんきょ》をもっていますから、当然、ヒポクラテスの誓《ちか》い（医師になる際に行う、その義務や責任を述べる宣誓《せんせい》）を守る義務があります。もしわたしが、ここで聞いたことを少しでも外部にもらしたら、免許《めんきょ》を剝奪《はくだつ》されるでしょう」

「それはわかっています」お父さんは納得《なっとく》していないようだった。「ですが、できれば念には念を入れて――」

「わかりました」お母さんがさえぎり、首を横にふった。「お医者さんなんだから、秘密は守ってくださるわよ」

「先生は、コールドプレイのクリス・マーティンに似てるって言われたこと、ありませんか？」ジェイソンがたずねると、ワトソン先生はうなずいた。

「よく言われるよ。でも、歌は下手なんだ」

「クリス・マーティンも下手くそです。先生は、ぼくを治すつもりなんですか?」ジェイソンは、ぼくを治す(fix me)、のところで、お母さんがトランスジェンダーという言葉を使った時と同じように、両手の人差し指と中指を動かしてみせた。ぼくはそのことを言おうかと思ったが、やめておいた。

「音楽は好きかい、ジェイソン?」ワトソン先生は少し間をおいて言ったが、そのあいだ、ぼくはクスクス笑いをこらえ、ジェイソンはにやにやしていた(コールドプレイには〝Fix You〟というヒット曲がある)。

「ああ、もう始まってるんですね?」ジェイソンは言った。「油断できませんね」

「いや、そうじゃない」ワトソン先生は首をふりながら笑った。「まだだよ。きいてみたかっただけだ」

先生はぼくらを見まわし、「では」と言って、両手を合わせ、すぐにまたはなした。「今日、ここへいらっしゃったわけを説明していただけますか?」

長い沈黙《ちんもく》があった。お母さんもお父さんも、どう答えたらいいかわからないらしく、ジェイソンは両腕《りょううで》を体に巻きつけるようにしてじっとすわっていたし、ぼくはそもそも、よくわかっていなかった。

とうとう、お母さんが口をひらいた。

「先生、じつはちょっとした問題がありまして、息子《むすこ》のジェイソンが、アイデンティティの危機を迎《むか》えているようなんです」

またしばらく沈黙《ちんもく》が続いた。

「なるほど」ワトソン先生が言った。「で、その危機というのは、どのような形で現れているんでしょう？」

「精神に異常をきたしているんです」お父さんが答えた。

先生は笑《え》みを浮《う》かべて言った。「医学的な診断《しんだん》はわれわれにまかせてもらいましょうか。ジェイソン、ご両親がどういうことをおっしゃりたいのか、説明してくれないか？」

「見ればわかるんじゃないですか」

「なぜそう思うんだね？」

「この髪《かみ》です。マスカラもつけてるし」

「初めてですよ」お父さんが言った。「化粧《けしょう》のことですが。今日が初めてです」

「人に会うからマスカラをつけたんだ」ジェイソンは反抗的《はんこうてき》な口調で言った。「シャワーも浴びたし、髪《かみ》もとかしてきた」

「ああ、見ればわかるよ。しかし、できれば言葉で説明してもらえるとありがたいんだがね。きみがどういう外見をしていようと、わたしにはどうでもいい」

「わかりました」ジェイソンはそう言うと、窓のほうを見て、しばらく考えていた。そして答えはじめると、慎重《しんちょう》に言葉を選びながら低い声でしゃべったので、口に出す前に意味をよく考え、思っていることを正確に表現しようとしているのがわかった。「自分は男として生まれてきたけれど、思いだせるかぎり幼いころから、なにかがまちがっていると思ってました。まちがえたのは神様なのか、だれなのか知りませんけど……。この体は、本来の体じゃないみたいなんです。はっきり言って、ほんとうは自分は女なんだといつも思ってました。今までずっと、そういう気持ちに蓋《ふた》をして、ついこのあいだまでだれにも言わずにいました。そのことを人にうちあけるのが怖《こわ》かったんだと思います。話したらどういうことになるのか怖《こわ》かったんです。でも、なぜかもう、そういう恐怖心《きょうふしん》は感じません。今は理解したいだけです。どうすれば本当の自分になれるのか、そして、自分らしい生き方ができるようになるのか知りたいんです。今はもう、ジェイソンとしてすごす毎日が、二十四時間うそでできてるように感じます。うそをつきながら生きていきたくありません」

「これでおわかりでしょう?」お父さんはそう言うと、両手を大げさに広げ、片手の人差し指で、木の幹をたたくキツツキのように、頭の横を何度もつついてみせた。「おかしいんだ! 完全にいかれてる!」

「お父さん、お母さん」ワトソン先生は言った。「ジェイソンと二人だけでお話しさせていただけないでしょうか。そのような言葉づかいをされると、なにもいいことはありませんから」

「いいえ」お母さんが断固とした口調で言った。「お断りします。わたしたちもかかわっていることが大事なんです。わたしは理解したいのです。夫も同じ気持ちです。さっきの言葉は本心から出たんじゃありません。あやまってちょうだい、アラン」

「すまなかった」お父さんは、少ししおらしい声で言った。

「ですが、そのほうが、ジェイソンが気がねなく話せるのではないかと――」

「先生、気を悪くなさらないでいただきたいのですが」お母さんは、まっすぐに先生の目を見て言った。「ジェイソンはわたしたちの息子《むすこ》です。ですから、わたしたちがどう思っているかは別にして、この件にかかわっていたいのです。わかりますか？　かかわっていなくてはならないんです」

見ると、お母さんのほうを見たジェイソンの顔から、とげとげしい表情が消えていた。ジェイソンは少し口もとをゆるめ、お母さんも小さく微笑《ほほえ》んで、今にも手をのばして兄さんの手をとるんじゃないかというような顔をしたが、そうはしなかった。

「ありがとう」ジェイソンは言った。「お母さんたちがかかわってくれることが大事なんだ。だから先にうちあけた。一人じゃこんなことはできない」

「でも、おまえが、こうせずにはいられないと感じているのは事実なのよね」お母さんは、泣きだしそうな顔でつぶやいた。

「ジェイソン」ワトソン先生はしばらくだまっていたが、やはりジェイソンのように、おさえた口調で話しはじめた。先生の声は、聞くと気持ちが落ちついてくるような、いい声だった。「十七歳《さい》のきみは、今、とても深刻な問題と格闘《かくとう》している。そして、おそらくここにいる全員が――とくにきみ自身が――そう思っているだろうが、きみが先へ進むためには、少なくとも、なんらかの助言が必要だろう」

「たぶん、そうなんでしょうね」ジェイソンは答えた。

「なにか背景に、幼いころのトラウマのようなものがあるんでしょうか？」お母さんがたずねた。「うちにはいろいろなオペアが来てましたから、もしかしたら、その中のだれかがこの子に……その……なにかして、この子はその記憶《きおく》を心の中にとじこめているとか……。先生はそういう記憶《きおく》を呼びさますことができるんじゃありませんか？　催眠術《さいみんじゅつ》とかで？　そして、この子がそれをすべて思いだしてしまえば、今回のことはそっくり消えてなくなり、わが家はまた正常にもどるんじゃないでしょうか」

「ウェイヴァーさん、映画はよくご覧になりますか？」ワトソン先生はききかえした。

「いいえ、そうでも」お母さんはこの質問に、少し驚《おどろ》いたようだった。「二、三か月前に、ウィンストン・チャーチルの映画を見ました。それから、メリル・ストリープがサッチャー首相を演じたものとか。当然ですが、仕事がとても忙《いそが》しくて、映画を見にいく機会はそれほど多くないものですから。なぜ、そんなことを？」

「なぜなら、先ほどおっしゃったようなことは、ほとんど映画の中でしか起こらないからです。実際には、そう頻繁《ひんぱん》にあることではありません」

「でも」お母さんはそう言うと、なにか言ってくれないかというような目でお父さんを見た。「そういうものでしょうか」

「問題は、先ほどのご発言だと、ジェイソンを幼かったころの男の子にもどそうとしているように思われることです」ワトソン先生は続けた。「まるで、ジェイソンにはどこか悪いところがあって、それを治せるんじゃないかとでもいうようにね。まずは受けいれてあげたらどうでしょう？　ジェイソンは自分の心を理解し、これが正しい決断だと思っていることを」

お母さんはしばらくだまりこみ、ようやく答えた時には、蚊《か》の鳴くような声だった。「そうすべきなんでしょうね。ただ、この子が将来、どんなに苦労するだろうかと思うと心配で……。世の中は偏見《へんけん》だらけです。夜道で酔《よ》っぱらった不良どもに殴《なぐ》られることになってもいいんだろうか、と思うのです。ああいう連中は、自分に自信がないというだけで、他人が好きなようにふるまうのを放っておいてくれませんから」

「たしかに、そんなことは起きてほしくありません」

「わたしは自分なりに最良の母親になろうと努めています」お母さんは、少し声を大きくして続けた。

「この子のために正しいと思うことをしています。苦労させたくないだけなんです」

しばらくだれもなにも言わずに、お母さんの言葉をかみしめていた。ぼくはワトソン先生が、そのためにわざと時間をとっているんじゃないかという気がした。お母さんはちょっぴり泣いていたが、お父さんがハンカチをさしだすと、はらいのけて手の甲《こう》で頰《ほほ》をぬぐい、窓に顔をむけて外の通りをじっと見つめた。

「さっきジェイソンは、髪《かみ》のことを言ってましたけど」お父さんがためらいがちに話しはじめた。「わたしは、この子がこんなふうに髪《かみ》をポニーテールにしているのが恥《は》ずかしくてなりません。女らしく見えてしまいますから」

「ありがとう」ジェイソンは言った。

「それに、ご覧のように、マスカラをつけると言ってききません。次はなにをするんでしょう？　口紅でしょうか？　香水《こうすい》？　ハイヒールやカクテルドレス？」

ぼくは、例の「奇妙《きみょう》な午後」のことを思いだし、はっとして背筋を伸《の》ばした。あの日、学校からいつもより早く帰ってみると、ジェイソンはぼくに、キッチンにもリビングにも入ってくるな、地下にあるお母さんの仕事部屋へ行けと言ったのだ。そして、そのあとで地下室から上がっていくと、香水《こうすい》のにおいがして、ジェイソンの顔に口紅のあとがあり、ぼくは兄さんが女の子を家に呼んでいたのだと思いこんだ。今になってみると、みんなつじつまが合う。あの時ジェイソンは、何時間かは家に自分しかいないと思い、ドレスを着たり、化粧《けしょう》をしたりしていたんだろう。

「人がこの子のことをじろじろ見るんです」お母さんは今度は身を乗りだし、先生の腕《うで》に手をおいて言った。「そして、わたしたちに目を移すのですが、どう思っているのか、わたしには手にとるようにわかります」

「どう思っているんでしょう？」ワトソン先生はたずねた。

「親のせいだ、と思っています」

「なにが親のせいだと？」

「この子がこうなってしまったことがです」

「どうなってしまったとお考えですか？」

「別人にですよ」お父さんが答えた。

「問題はそこなんでしょうか？　お二人が人からどう見られるかが問題なんですか？」

「ええ」お父さんは言った。「いえ……その、よくわかりません。今すぐ正しい答えを見つけるなんて、わたしには無理です」

「うかがいたいのは、『正しい』答えではありません」今度は、ワトソン先生が両手を上げて、人さし指と中指を動かす番だった。「正直なお気持ちをうかがいたいだけです」

「いや、正直に答えようとしていますよ。わたしは息子《むすこ》がいじめられてもいいと思ってるんだろうか？　もちろん思っていません。先ほど妻が言ったとおりです。では、この件が、自分の身になんらかの形で影響《えいきょう》があると考えているのでしょうか？　あると思うのが人情でしょう。なにがしかの感情をいだく権利が、わたしにもあることは認めていただきたい」

「たしかに、お二人に影響《えいきょう》はあるでしょう。しかし、それは今、一番大切なことなのですか？」

お父さんは首を横にふったが、このことは考えたくなさそうだった。「一連の抗生《こうせい》物質投与《とうよ》による治《ち》療《りょう》はできませんか？　電気ショック療法《りょうほう》はまだ行われているのでしょうか。そして、それは有効だと先生はお考えですか？　多少の不つごうがあったとしても、なんでも受けいれる気持ちはあります」

「とりあえず申しあげておきたいのは」ワトソン先生はそう言うと、ジェイソンを見た。「その髪型《かみがた》はいいね。まあ、見てわかるように、わたしの頭はてっぺんがうすくなってきてるから、うらやましいだけかもしれないが」

「その気にさせないでください」お母さんがいらついた口調で言った。「ミュージシャンのみなさんが、どんな格好をしてもいいと思っていらっしゃることはわかりますが――」

「わたしはミュージシャンではありませんよ」先生は言った。「クリス・マーティンじゃないんですから」

「ああ、失礼しました、先生。ただ、あんまりよく似ていらっしゃるものですから、つい……。いえ、あの、心の問題をあつかうお医者さんは、外見で判断したりはしないことはわかりますが、はげましてその気にさせても、なにもいいことはないんじゃありませんか」

「でも、お母さんたちは今までいろんなことで、はげましてくれたじゃないか」ジェイソンが口をひらいた。「たとえば、サッカーとか」

「それはまた別よ」

「難読症《しょう》の件ではサムをはげましてるし」

「それも話がちがうわ」

「二人が思ってるよりもずっと、サムも自分も、はげましてもらってるよ」ジェイソンは、少し口調をやわらげた。「お母さんが険しい道を登っててっぺんまで行きつこうとしてるのはわかってる。でも、たいていは、二人はほんとうにいい親でいてくれてる。成績がよければほめてくれるし、悪くても怒《おこ》りはしない。子どもの言うことをいつもちゃんと聞いてくれるし、たたかれたこともない。一度だけ、お父さんが丸めた新聞紙で頭をたたいたことがあったくらいだ。わからないの？　あの晩、部屋からおりていってこの話をうちあけたのは、二人を信用してるからなんだよ。きっとわかってくれる、助けてくれる、そう思ったからだ。今、苦しんでいるのはこっちで、お母さんたちじゃない」

ぼくはお母さんとお父さんをちらりと見たが、しばらくはだれも口をきかなかった。お母さんは愛《いと》おしそうな、同時に、すっかりとまどった表情でジェイソンを見ていたが、すぐに目ににじんでいた涙《なみだ》をぬぐった。お父さんはお母さんの手をとって床《ゆか》に視線を落とし、不安そうに片足で床《ゆか》を小きざみに鳴らしはじめた。

「わたしたちはあなたを助けようとしてるのよ」ようやくお母さんが口をひらいた。「でも、あなたが女の子に変わってほしくないと思うのは、そんなにまちがったことかしら？」

「女に変わろうとしてるわけじゃない」ジェイソンはきっぱりと言った。「女なんだ」

「ちがう！」お父さんが言いかえした。「おまえは男だ。それに、将来の人生にマイナスになるかもしれないことを、今してほしくない。世の中にはとても考えの浅い人たちがいるんだから」

「ここにもそういう人がいるのかもね」ジェイソンはぼそっと言った。

「そんな言い方ってないでしょ！」お母さんが声を上げ、ジェイソンに視線をもどした。目が真っ赤で、花粉症《かふんしょう》の季節に決まってそうなるような顔をしている。「努力してるのよ。それくらいわかってくれてもいいんじゃない？」

「そういう感覚は以前からあったと、きみは言うが」ワトソン先生が、ジェイソンのほうにむきなおって言った。「そのあたりのことを、もう少しくわしく教えてくれないか」

みんないっせいにジェイソンを見たが、この時もまた、答えはじめるまでにしばらく時間がかかった。

「小さいころ――」ジェイソンはようやく口をひらいた。「男の子のおもちゃより、女の子のおもちゃのほうが好きでした。クリスマスにドールハウスがほしいと言ったこともあるけど、お母さんもお父さんも聞いてくれなかった」

「そんなことはなかったわ」お母さんはそう言って顔をそむけた。

「いや、あったよ」ジェイソンはゆずらなかった。「何週間もねだっていたら、お母さんは、もうこれ以上ねだったら、なんにももらえなくなりますよ、サンタは女の子のおもちゃをほしがる男の子のところへは来てくれません、って言ったんだ。たぶん、五歳《さい》くらいだったと思う」

また沈黙《ちんもく》がおりた。お母さんとお父さんは奥歯《おくば》をかみしめてジェイソンの顔を見たが、なにも言わなかった。

「続けて」と、ワトソン先生。

「それから、読みたい本も人とちがってました。少女探偵《たんてい》ナンシー・ドルーのシリーズが読みたかったのに、買ってもらえるのは少年探偵《たんてい》ハーディー兄弟のシリーズだった。学校では女の子たちといるほうが好きで、そのほうが気が楽だったし、自分の居場所はこっちだと感じてた。でも、もちろん、いつも女の子ばかりといるわけにはいかなかった。男の子たちと一緒《いっしょ》にいなきゃならなかったけど、いつも気持ちが落ちつきませんでした」

「でも、きみは体を動かすことがとても好きで、サッカー部のキャプテンだそうじゃないか」

「はい。でも、それがなにかと関係あるんですか？」

「わたしがきいたのは、サッカーは昔から男のやることだと思われているからだ」

「政治もそうですよね」ジェイソンは答えた。「でも、お母さんを見てください。女性だからといって、お母さんは野心をもつべきじゃなかったんでしょうか？　もちろん、そんなことはない！　そして、今は閣僚《かくりょう》になり、首相の座をねらっています」

「それは少しちがうわ」お母さんはすかさずそう言って、ワトソン先生と目を合わせた。「なにより、現時点では首相の座は空いていませんし、議員というものは決して自分の出世を望む立場ではありませんが、もし同僚《どうりょう》議員たちから求められれば――」

「たまたまサッカーが好きなだけです」ジェイソンはお母さんの言葉をさえぎって続けた。「それに、得意ですから。クラスでは一番上手だって、みんなから言われます。自分じゃよくわかりませんけど」

「アーセナルのアカデミーが契約《けいやく》したいと言ってきたんですが、この子はそれを断りました」お父さんが言った。

「自分にはできませんでした」ジェイソンは言ったが、感情が高ぶっているのがわかった。声が上ずり、床《ゆか》に目を落として、だれとも目を合わせないようにしている。「あの時の雰囲気《ふんいき》では……とうていできませんでした。二人は契約《けいやく》したがっていた。お母さんとお父さんのことですけど……。子どもがプロサッカー選手になれば、お母さんの仕事の助けになると言って」

「それじゃあまるで、わたしたちのつごうで望んでたみたいじゃない」お母さんが言った。「あなたのことを考えていたからこそよ。プロサッカー選手は大金がかせげるし、あなたはサッカーが大好きでしょ！　あなたが打ちこんでいることでがんばってほしかったから」

「ウェイヴァーさん」ワトソン先生が口をはさんだ。「ジェイソンの話を聞きましょう」

「じゃまをするつもりはありませんわ」お母さんはつぶやくように言ったが、まるでしかられたばかりの子どものようだった。

「そもそも、女はサッカーをしちゃいけないって法律はない」ジェイソンは続けた。「試合があると、女の子もたくさん見にきます。それに、知ってますか、アメリカでは男より女のほうがサッカーの競技人口が多いんですよ。サッカーはたまたま好きなスポーツってだけだし、それがなにか問題なんでしょうか。たとえば……ネットボール（イギリス連邦《れんぽう》内を中心に、主に女性によって行われているバスケットボールに似たスポーツ）とか……、ふつう女の子がすると思われていることには全然興味がありません。それに、自分は女性だと感じるからといって、女性が好きそうなことをなんでも好きにならなきゃいけないってことにはなりませんよね？　お父さんは社交ダンスの番組を見ます。お母さんは建設現場のドキュメンタリーが好きです。たまたまサッカー好きだってことを問題にする必要がどこにあるんでしょう？　そんなの、通り一遍《いっぺん》のジェンダー概念《がいねん》じゃないですか」

「インターネットでそれらしいフレーズを拾ってきたのね」お母さんはそう言うと、くるりと目を回した。「おわかりでしょう、そういう世代ですから」

ワトソン先生はゆっくりとうなずきながら考えていたが、椅子《いす》にすわりなおし、ちらりとぼくのほうを見た。

「じつは驚《おどろ》いたのは」先生は、お母さんとお父さんにむかって言った。「今日、ここへサムくんもつれていらっしゃったことです」

「なぜです？」お母さんはききかえした。「サムも家族の一員ですからね」

「いや、たしかに、いいことなんですよ」先生は応じた。「家庭の中で起きている変化から、とりのこされているように感じてもらいたくはありません。ですが、お二人はサムくんもつれてきていいかどうか、ジェイソンにたずねましたか？」

「そもそも、お母さんたちからは、自分がここへ来たいかどうかさえきかれてません」ジェイソンは言った。

ワトソン先生は考えていたが、メモ用紙になにか走り書きをすると、ぼくのほうにむきなおった。

「きみはいくつだい、サム？」

「十三歳《さい》です」

「われわれが今ここで話していることが理解できているかな？　お兄さんの言ってることや、感じていることが？」

ぼくはあいまいにうなずいた。「はい、なんとなく……。わかってると思います。いや、よくわかりません」

「じゃあ、そのせいで、どんな気持ちになってる？」

ぼくはしばらく押《お》しだまっていた。ひどいことは言いたくないけれど、うそもつきたくなかった。

「サム、今までの話を聞いて、どんな気持ちだい？」先生はくりかえした。

「いい気持ちはしません」ぼくは答えた。

「それは、なぜ？」

「ジェイソンはぼくの兄さんだからです。それが今は、ぼくのお姉さんになりたいって言ってる。お姉さんはいりません」

「じつをいうと、わたしたちは、今回の件がサムに与《あた》えている影響《えいきょう》について、とても心配しています」

お母さんが言った。「サムがそのうち、朝目がさめたら、たとえば、よくわかりませんが、カンガルーかなにかになりたいなんて言いだしたら……」

「いいかげんにしろよ！」ジェイソンがどなった。「そんなの全然ちがう話じゃないか。カンガルーってなんだよ。自分の心は女性だと思うって言ってるだけじゃないか！　なのにそれを、動物にたとえるなんて！　そんなふうに言われたら、どんなに――」

「ジェイソン、お母さんにむかって、その口のきき方はなんだ」お父さんが言った。

「動物とくらべてるわけじゃないのよ」今度はお母さんだった。「たしかに、たとえが悪かったわね。あやまるわ。でも、これは認めてちょうだい。どうみても男なのに、女になりたいと言いだすなんて――」

「おちんちんがあるからね」

「――どんなにばかげたことか――」

「言ったよね、ここへは来たくないって」ジェイソンはそう言うと、怒《おこ》って立ちあがり、すたすたとドアにむかって歩いていった。「人の話をひと言も聞こうとしないじゃないか」

「いや、聞いてくれていると思うよ、ジェイソン」ワトソン先生が言った。「きみも、お母さんたちの話を最後まで聞いてあげないと」

「いやです。お母さんもお父さんも、侮辱《ぶじょく》してくるだけです。先生、悪いけど帰ります」

「じゃあ、また改めて話ができないかな、ジェイソン」先生は言った。「わたしたちだけで。かまいませんよね、お母さん？　お父さんも？」

二人ともうなずいた。「もちろんです」お母さんは答えた。「そのほうがいいとおっしゃるのなら。とにかくわたしたちは、この子を助けてやりたい、理解してやりたいと思っているだけで——」

でも、ジェイソンはそのまま出ていき、バタンとドアをしめてしまった。

みんな、だまってすわったままだった。ぼくはちらりと腕《うで》時計に目をやった。家に帰りたい。ベッドに寝《ね》そべり、目をとじて、なにもなかったふりをしたい。

「先生、電気ショック療法《りょうほう》についての質問にはお答えいただいていませんが」ようやくお父さんがそう言って、ワトソン先生のほうにむきなおった。「教えてください、あれは今でも行われているものなんでしょうか？」

5 ポニーテール

結局、ジェイソン兄さんは、どんなにサッカーをするのが好きで、どんなに上手かは関係なく、サッカー部をやめることにした。ある晩、監督《かんとく》のオブライエンさんがうちに来たのだけれど、とても話しにくそうで、この日の用件を口にするくらいなら、その舌で地球の中心まで穴を掘《ほ》るほうがましだ、って顔をしてた。

ぼくはオブライエン監督《かんとく》が、前からあんまり好きじゃなかった。ジェイソンがとても運動神経がいいので、弟のぼくもいいはずだと監督《かんとく》は思っているけど、ぼくはボールを蹴《け》ろうとするとたいていころんでしまう。そして、まだ低学年のころに授業でサッカーをやらされた時、ばかなことをやらかすと必ず、教えにきていた監督《かんとく》はぼくをどなりつけ、「あのジェイソン・ウェイヴァーの弟なのに、どうしてそんなに下手くそなんだ？　女みたいだぞ、サム。家に帰ってバービー人形とお茶会でもしたらどうだ？」

と言ったものだ。でも、これはちょっと皮肉な話で、なぜって、ジェイソンの言ってることがほんとうなら、女みたいだってことは、ジェイソンみたいだってことで、つまり、ぼくはものすごくサッカーが上手だったってことになる。

ジャージ姿の監督《かんとく》がリビングのソファにすわると、お母さんは監督《かんとく》のトレーニングシューズに目をやりながら、カーペットが台無しになるんじゃないかと心配しているのがわかった。お父さんが、紅茶はいかがですか、と言うと、監督《かんとく》は、いりません、でもビールならいただきます、と言った。

「連絡《れんらく》もせずにおじゃましてすみません」監督《かんとく》は、びんに入ったビールをひと息で半分近く飲んでから話しはじめた。「じつは、今、あるうわさが学校で広まっていましてね。ああ、ジェイソンについてのうわさなんですが。ですから、話をしにきたほうがいいと思いまして」

「どんなうわさでしょう?」お母さんは、この日はいつもよりずいぶん早く家に帰っていて、機嫌《きげん》が悪かった。というのも、首相がインタビューに答えて、今はまだ実年齢《ねんれい》の半分くらいしか年をとったと感じていないし、元気いっぱいなので、当分この仕事ができそうだ、と言ったからだ。

「あくまでうわさなのですが……」オブライエン監督《かんとく》は言った。「もしそれがほんとうなら、そのままにしておくわけにはいかないものですから。もちろん、うわさ話を真に受けるのはむだだということはわかっているんですが——」

「オブライエンさん、わたしは政治家ですよ」お母さんはがまん強く微笑《ほほえ》みながら言った。「一日中、うわさ話とむきあっているようなものです。ですから、聞いたことを教えてください、そうすれば、あとはこちらで対処します」

「ばかげているとは思うんですが」監督《かんとく》はそう言うと、ジェイソンをちらりと見た。兄さんはいつものように髪《かみ》をポニーテールにして椅子《いす》にすわり、着ている新しいシャツは、トップマンじゃなくて、トップショップで買ったもののように見えた（イギリスのファッションブランドで、トップマンは男性用、トップショップは女性用）。「じつは、わたし自身、以前からジェイソンの大ファンなんです。チーム一サッカーがうまい。わたしの見たところでは、ここ何年かで一番の選手です。おかげで、ジェイソンはいつも、学校でもっとも人気がある男子生徒の一人です」

「すみません」お母さんが口をはさんだ。「ジェイソンは、サッカーが上手だから人気があるんですか、それとも、人気がある上に、たまたまサッカーが上手なんでしょうか？」

オブライエン監督《かんとく》はとまどったようだった。「すみません、ちがいがよくわからないんですが」

「いや、もういいです。どうぞ、先を続けてください」

「じつは、ジェイソンとチームの一部の男子たちとのあいだに、なにかあったのではないかと心配しています。なにか言い争いのようなものが……。学校がどういうところかはご存知でしょう。うわさ話は絶えませんが、その大半はほんとうにどうでもいいようなことなのです。しかし、このうわさは、早めにつみとっておく必要があります」

しばらく、だれもなにも言わなかったので、お母さんとお父さんを見てみると、二人とも、ぼくにはよくわからない表情を浮《う》かべて床《ゆか》に目を落としていた。それはまるで、二人がジェイソンの代わりに気を悪くしているみたいだった。

「どのようなうわさを聞いたのか、はっきりおっしゃっていただけませんか?」ようやくお父さんが言った。「今、われわれが直面している問題はなにか、正確に把握《はあく》しておきたいものですから」

「サムには席をはずしてもらったほうがいいかもしれません」監督《かんとく》はそう言うと、ぼくにむかってうなずいてみせた。「サムはまだ幼いし――」

「ああ、この子のことなら心配いりませんわ」お母さんが答えた。「いろいろなことをサムの耳に入れないようにするのは意味がないと、もうずいぶん前にわかったんです。どうせ、ドアの外で聞き耳をたてるだけでしょうし。どんな話か知りませんが、はっきりおっしゃってください」

「そうですか」監督《かんとく》はそう言ったが、だれとも目を合わせることができず、これから言おうとしていることがなんであれ、監督《かんとく》のほうも腹を決めて言わなきゃならないのだとわかった。「じつは、サッカー部員の一部から、ジェイソンは……その……」

「なんだっていうんですか？」ジェイソンがたずねた。

「人食い人種か、バンパイアだとでも？　それともフランス人？」お父さんが口をはさんだ。

「サッカー部をやめるつもりだと聞きました」オブライエン監督《かんとく》は、不安そうにつばをのんだ。「もうサッカーはやりたくないと言っていると……」

「ああ……」お母さんとお父さんは声をそろえて言った。二人が予想していた話でなかったのはすぐにわかった。

「もうサッカーはやりたくないなんて、言ってません」ジェイソンが言った。

「だと思っていたよ」オブライエン監督《かんとく》はそう言うと、椅子《いす》の背にもたれ、いかにもほっとしたように大きく息を吐《は》いた。あんなにうれしそうな人を見たのは初めてかもしれないと、ぼくは思った。「みんなに言ってたんですよ、ジェイソン・ウェイヴァーみたいなフリーキックが蹴《け》れるやつは、自分の得意なことをやめたりしないだろう、って。だって、筋が通らないじゃないですか」

「で、監督《かんとく》はそのうわさを確かめるためにいらっしゃったんですか？」お父さんは、まだどこか疑っているようだった。

「ええ、まあ」オブライエン監督《かんとく》は肩《かた》をすくめて言った。「わたしにとってはとても大切なチームですからね。ジェイソンがやめたら――」

「すみません」今度はお母さんだった。「あの、ほんとうに、その……監督《かんとく》がいらっしゃった目的は、そのお話だけなんでしょうか？」

オブライエン監督《かんとく》は頭をかくと、ぼくらの顔を順に見ていった。「ええ、まあ」監督《かんとく》はゆっくりしゃべった。「なにか、そちらからわたしと話したいことでもあるのでしたら別ですが」

「若い人たちはうわさ話をせずにはいられないものです」お母さんが言った。「ですから、おそらくジェイソンの、その……状況《じょうきょう》について、これまでにもあれこれ陰《かげ》で話をしていることでしょう」

「状況《じょうきょう》といいますと？」監督《かんとく》は面食らったような顔をした。

「自分はトランスジェンダーだって、みんなに話したことに決まってるじゃないですか」ジェイソンが答えた。「なにも聞いてないふりをしてるわけじゃないですよね？」

「ああ、その話なら聞いているよ」監督《かんとく》はそう言って肩《かた》をすくめた。「でも、そのことがサッカーとなにか関係があるとは思わないし……」

「じゃあ、あなたは、ジェイソンにはもうチームにいてほしくないと言いにきたわけじゃないんですね？」お母さんは驚《おどろ》いた顔をしてたずねた。

「どうしてまた、そんなことをわたしが望むんでしょう？」

「部員のみなさんはどうなんですか？　反対していないんでしょうか？　親御《おやご》さんたちは？」

「まあ、少しはいますがね。何人か、あれこれ言ったやつがいました。保護者からも手紙が何通か届いています。でも、わたしはすべて同じように答えてきました」

「といいますと?」

「つまり、ジェイソンがパパ・スマーフ(フランスの漫画《まんが》に登場する架空《かくう》の生物)のような服を着ていようが、宇宙から来たエイリアンのように暮らしていようが、わたしはかまわない、とね。そんなことはどうでもいい。でも、これはサッカーの話なんです! サッカーのこととなると、放ってはおけません。とても大事なことなのです。あとのことはどうでもいい。それでだれかが傷つくわけじゃありませんし」

ジェイソンのほうを見ると、目が合った。ぼくらは二人とも、まず、信じられないという顔をして、次にがまんできずに笑いだしてしまった。

「なにがそんなにおかしいんだね?」オブライエン監督《かんとく》が、ぼくらの顔をきょろきょろと見ながら言った。「ああ、のどがからからだ」

これを聞いたお父さんが、監督《かんとく》の言いたいことを察して立ちあがり、キッチンからビールを二本もってくると、一本を監督《かんとく》にわたし、もう一本を自分でもってすわった。

「ここではっきりさせておきましょう」お母さんは、下院で野党からの質問に答える時は必ずそうするように、にこやかな笑《え》みを浮《う》かべて言った。こういう時のお母さんはいつも、まるで質問者がどうしようもないまぬけであるかのような口のきき方で、規則上その義務がないのなら、まともに答えようとさえしない。「監督《かんとく》が今日いらっしゃったのは、苦情を述べるためでも、ジェイソンはもうチームにいられないと言うためでもない。それどころか、ぜひこのチームでサッカーを続けてほしいと思っている、そういうことですか？」

「そのとおりです」監督《かんとく》は答えた。

「さっき監督《かんとく》は、部員の中には反対した者もいた、と言いましたよね」今度はジェイソンがたずねた。「何人かの親から手紙をもらった、とも。それはだれですか？」

「だれかは問題じゃないだろう」

「自分にとっては問題です。みんなとはもう何年も一緒《いっしょ》にサッカーをやってきました。中には六歳《さい》くらいからやってるやつもいます。だれが文句を言ってるのか知りたいんです」

監督《かんとく》は肩《かた》をすくめると、何人かの部員の名前を早口で言った。みんな、ぼくも知っていて、そのほとんどが弱い者いじめをするような人たちだった。ジェイソンのおかげで、これまでぼくに手を出すようなことはなかったが、下級生の男子たちにどんな仕打ちをしているかは知っていた。

「でも、あいつらは友だちだからな」ジェイソンは、少し声を落としてそう言うと、椅子《いす》の背にもたれた。

「でも、どうかしら……」お母さんが言いかけたが、今度は、慎重《しんちょう》に言葉を選ぼうとしているのがわかった。「サッカー部のみんなが、おまえのせいで居心地《いごこち》が悪くなってることを考えてみたら？　ジェイソン、おまえが言ったように、今名前があがった子たちも友だちなんだもの。ほんとに小さなころから知ってる人たちでしょ」

「人がどう感じるかは、どうにもできないよ」ジェイソンは小声で答えた。

「でも、オブライエン監督《かんとく》に手紙を書いてよこす保護者がいるということは、もしかしたら、次は新聞に投書する人が出てもおかしくないわ。そんなことになったら、どんなにつらいか想像してごらんなさい」お母さんは続けた。「ねえ、もしかしたら、いいきっかけなんじゃない。あと一年、高校卒業までは、このことを表沙汰《おもてざた》にせずにおいたらどうかしら。これ以上はできるだけ人に知られないようにするのよ。そして、その間サッカー部はやめて、みんなには学業に専念するから部活動はしないことにした、って言えばいいわ」

「いや、やめてもらっては困ります！」オブライエン監督《かんとく》が大声をあげた。「彼《かれ》は一番上手な選手なんですから！　いや、彼女《かのじょ》かな。それはどっちでもいい！」

ぼくは信じられない思いで監督《かんとく》の顔を見つめた。それまでだれかが、ジェイソンを「彼女《かのじょ》」と呼ぶのを聞いたことはなかった。しかも、そう言ったのがサッカー部の監督《かんとく》なのだから、びっくりだった。

「いいえ、それが一番だと思います」お母さんはそう言って立ちあがり、監督《かんとく》には、そろそろ帰ってくれとうながした。「息子《むすこ》のことを考えてくださってありがとうございます。お約束しますわ、すべて、できるだけすみやかに解決するでしょう。ジェイソンは一流の専門医に診《み》てもらっていますし、まもなく事態は正常にもどると思います」

「しかし、サッカー部は……！」オブライエン監督《かんとく》は言った。

「わたしどもには関係ありません」

「ご両親はそうでしょうが、ジェイソンはちがいます。きみはサッカー部をやめたいのかい？」監督《かんとく》は兄さんのほうを見た。

ぼくはジェイソンが、やめたくない、と言うだろうと思ったが、ほかの部員たちが応援《おうえん》してくれないので落ちこんでいるのも知っていた。なのに、監督《かんとく》がこんなに理解してくれているとわかって、ぼくもそうだけど、驚《おどろ》いているようだった。

「とりあえず、目の前の問題をひとつずつ解決していきましょう」オブライエン監督《かんとく》は言ったが、あまり自信はなさそうだった。「そして、経過を見守りましょう」

監督《かんとく》はお母さん、お父さんの二人と握手《あくしゅ》したが、ぼくのことは完全に無視してジェイソンに近づき、大きく腕《うで》を広げてしっかりと抱《だ》きよせた。たぶん、ぼくは監督《かんとく》さんのことを好きにならなきゃいけないんだろう。すごく複雑な気分だった。これでまたひとつ、ややこしいことがふえた。

監督《かんとく》が帰っていくと、お母さんとお父さんは、ものすごい顔つきでリビングにもどってきた。

「これでわかったでしょ」お母さんは言った。「新聞がかぎつけるのも時間の問題だわ。どうしてわたしにこんな仕打ちをするのよ、ジェイソン！　おまえほど、わがままで無責任な人間は――」

「なにもしてないじゃないか」ジェイソンはそう言うと、椅子《いす》にすわったまま前かがみになって泣きだした。しゃくりあげるように泣くジェイソンを見て、駆《か》けよって抱《だ》きしめてあげたかったが、できなかった。足が瞬間接着剤《しゅんかんせっちゃくざい》で絨毯《じゅうたん》にくっついてしまったみたいだった。「どなるのはやめてくれよ！」

「やめないわよ、おまえがこんなばかげたことをやめるまでは！　気をつけてくれないと、わたしの政治家としての経歴も、おまえの人生も台無しになってしまうのに、それはどうでもいいっていうの？」

ええ、そうよ！　おまえはそんなことはこれっぽっちも考えてない。とにかく、その髪《かみ》を切ってちょうだい！　おかしな格好しないで！」


ジェイソンは結局、お母さんとお父さんに言われたとおり、サッカー部をやめることになった。チームをはなれるのはさみしくないの、ときくと、ジェイソンは首を横にふり、もともとそんなに好きじゃなかったんだ、と言ったが、それはうそだとわかっていた。それ以来ジェイソンは、部屋にこもる時間が多くなり、ぼくがノックすると、あっちへ行けと言うようになった。以前なら、兄さんが音楽を聴《き》いているあいだ、ぼくはベッドに寝《ね》そべったり、逆に、ジェイソンがベッドの上で本を読んでいる時は、ぼくが兄さんの机で宿題をしたりしてたのに……。そして、字を読むのも助けてくれなくなり、ぼくはすごくがっかりした。ジェイソンがそばにいて助けてくれると、いつも自信がわいてくる。ジェイソンは根気強くて、言葉がページの上でじっとせずに動きまわっているように見える時も、ぼくは自分がばかになったみたいに感じずにすむ。ところが今は、助けてほしいとたのんでも、一人でなんとかしなきゃだめだ、そのうち、こっちは大学へ行くか就職するかして、家にいなくなる日が来るんだから、と言われてしまう。

部屋がとなりだったので、ときどき、夜寝《ね》るころにジェイソンの泣く声が聞こえてきたけれど、そういう時は、そもそも兄さんの部屋に入っていく気にはならなかった。ジェイソンの涙《なみだ》を見ると、ぼくは怖《こわ》くなる。自分のお兄さんは強い人であってほしかった。それまでジェイソンはずっと強かったし、変わってほしくなかったのだ。

オブライエン監督《かんとく》が来て二、三日後、朝ぼくが教室に入っていくと、ふいにおしゃべりがやみ、みんなの顔がいっせいにこっちをむいた。席に着くといつものように、笑い声や、小さくクスクスと笑う声が聞こえてきたが、ぼくは絶対に顔を上げたり、反応したりしないぞと心に決めていた。

「お姉さんは元気かい、サム?」宿敵のデイヴィッド・フューグが、椅子《いす》に腰《こし》かけたまますうしろをふりかえり、ボールペンのキャップをかみながら、にやにやして言った。「もう、彼氏《かれし》はできたのかな？　ああ、そんな目で見るなよ、ぼくは本物の女のほうがいい」

ぼくは相手をせず、教科書を出して、ラウリー先生が早く来てくれないかと思っていた。毎日、からかわれる回数がふえ、一週間、二週間とたつうちに、ぼくはいらいらしはじめた。

「おい、サム」リーアム・ウィリアムソンが声をかけてきた。リーアムは席がぼくのすぐうしろで、デイヴィッドの子分だった。二人はどこへ行くのも一緒《いっしょ》で、リーアムは髪型《かみがた》までデイヴィッドそっくりに刈《か》っていて、ばかみたいだった。「おまえの姉さんは新しくガールズバンドを組むんだって？　『Xファクター』（イギリスのテレビの音楽オーデション番組）に出ればいいじゃないか」

「だまれよ、ウィリアムソン」ぼくは言った。

「だまらせてみな」

「やめないとだまらせるぞ」

「ほら、まだしゃべってるぜ」

「じゃあ、だまったほうがいい」

「だまらなかったらどうする？」

「だまらせる」

「やってみな」

「まあ、見てろよ」

「おれには兄貴が三人いるんだ」教室の反対側からジェイムズ・バークが大声で言うと、丸めた紙をぼくにむかって投げてきた。紙はぼくの頭にあたってはずみ、驚《おどろ》いたことに、そのままゴミ箱に入った。「よかったら一人もらってくれないか。おまえは姉さん一人だから、いろいろ面倒《めんどう》だろう。それとも、夜になると二人ならんで、好きな男の子の話とかしながら、お互《たが》いの髪《かみ》を編んだりしてるのか？」

これがとどめで、もうがまんできなかった。席を飛びだし、ジェイムズにむかって走っていくと、そのまま床《ゆか》に押《お》したおしたので、クラス中が大喜びしてぼくらのまわりをとりかこんだ。殴《なぐ》りあいになり、大歓声《だいかんせい》があがったが、一分もたたないうちにラウリー先生が入ってきて、席に着きなさいとどなったので、みんな大あわてでちっていった。でも、ぼくは少しぼうっとして床《ゆか》に倒《たお》れたままで、気がつくと、なにかがあごを伝いおちていた。指を一本口にあててみると、指は赤く染まり、舌を下唇《したくちびる》にはわせると、ジェイムズに殴《なぐ》られたあたりが甘《あま》くて苦い血の味がした。

「なにやってる？」ラウリー先生が言った。「サム、どうしたんだ？」

「なんでもありません」ぼくは立ちあがったが、先生と目を合わせたくなかった。

「なんでもないわけがないだろう。きみたちはけんかをしてたんだからな。どっちが先に手を出した？」

だれもなにも言わなかったが、くぐもった笑い声があちこちからあがった。

「まるで子どもの集まりだな」先生は怒《おこ》った声で言った。

「ぼくらは十三歳《さい》ですよ、先生」リーアムが言った。「まだ子どもです」

「理屈《りくつ》をこねるんじゃない」

「でも、ここは学校です。学校は理屈《りくつ》を教わるところじゃないんですか？」リーアムは言いかえした。

ラウリー先生はくるりと目を回し、怒《おこ》りだしたい気持ちを懸命《けんめい》に抑《おさ》えているように見えた。「いいかね、いつか、きみたちがもっと大きくなった時」先生は教室内を見まわしながら言った。「それぞれが問題をかかえるだろうし、友だちがつらい目にあっているのを見ることもあるだろう。自分の子どもが、そういう目にあうかもしれない。もしそういうことが起きたら、きみたちはみんな、自分が今日、どういう行動をとったのか思いだし、もう少しやさしくできなかったんだろうかと思うことだろう」

教室は静まりかえった。デイヴィッド・フューグでさえ、なにも言いかえせなかった。

「事務室へ行きなさい、サム」先生はひとつため息をつき、ようやくそう言った。少しでもぼくに同情しているところを見せたら、まわりからどう思われるか怖《こわ》がっている子どもたち相手に、分別のあるやりとりはむだだとわかっていたからだろう。「手当してもらうんだ」

「平気です」ぼくはみんなの前で弱虫だと思われたくなくて、自分の席にもどりたかった。

「平気じゃない、血が出てるぞ。早く行きなさい。ちゃんと診《み》てもらってからもどってくるんだ」

ぼくはむっとして鼻を鳴らし、冷やかす声を背中で聞きながら、すたすたと教室を出て廊下《ろうか》を歩き、事務室へ行った。事務員のブラウンさんは、ぼくをひと目見て、いつものように、ああ、女子校に勤めればよかったわ、そうすれば、手に負えない乱暴者たちじゃなくて、お行儀《ぎょうぎ》のいい女の子にかこまれてすごせるのに、と言った。ぼくは心の中で、自分の経験からして、いじめは女の子のほうがよっぽどひどいですよ、と言おうかと思ったが、やめておいた。お説教が終わると、ブラウンさんは冷凍庫《れいとうこ》から保冷剤《ほれいざい》をとりだし、しばらく下唇《したくちびる》にあてておきなさい、と言った。

「縫《ぬ》う必要はなさそうね。でも、けんかのことは校長先生に報告しなきゃなりません」

「どうでもいいよ」

「たぶん、放課後、居残りになるでしょうね」

「大げさだな」

「なんですか、その態度は？　ご両親から礼儀《れいぎ》を教えてもらわなかったの？」

「うん。うちの親はぼくよりひどいから」

「まあ！」ブラウンさんはすっかり怒《おこ》ってしまったらしい。「なるほど、リンゴの実はリンゴの木の下にしか落ちない、って言うけど、そのとおりね。テレビのインタビュー番組であなたのお母さんを見たことがあるわ。まるで会場にいるのは頭の悪い人たちばかりだという態度でしゃべってたもの。あなたがだれの血を引いているのかよくわかります。で、歯のぐあいはどう？　ぐらついてる歯はある？」

ぼくは舌で口の中をあちこちさぐってみたが、そういう歯はなさそうだった。「だいじょうぶです」ぼくは保冷剤《ほれいざい》をあてたまま、ボソボソと答えた。

「まったく、男の子はけんかせずにいられないんだから。しかも、決まって原因はほんとにささいなことなんですからね。で、原因はなんなの？　どうせ、なにか……、ああ、そういうこと？」

ブラウンさんは話をやめ、口に手をあてて、まるでふいになにかを思いだしたみたいに目をとじた。

「あなた、ジェイソンの弟だものね」

「そうだよ」

「なるほど……」ブラウンさんの口調がやさしくなった。「となると、こういう手段に訴《うった》えるってことは、きっとあなたは、お兄さんとはずいぶん性格がちがうんでしょうね」

「どうして？」ぼくは眉《まゆ》をひそめてききかえした。

「けんかは、とても臆病《おくびょう》な解決方法だからよ。どんな議論であれ、相手を傷つけておしまいにしようというんですから。そして、わたしに言わせれば、ジェイソンはこの学校で一番勇敢《ゆうかん》な生徒だわ」

これを聞いてぼくは驚《おどろ》いたが、なにも言いかえさなかった。三十分後、教室にもどっていきかけたのだが、廊下《ろうか》にはだれもいないし、友だちってことになってるやつらのだれとも会いたくなかった。胸がむかむかするので廊下《ろうか》のベンチにすわり、壁《かべ》の時計を見上げてみた。まだ一時間目で、これから丸一日近くあると思うと、とても最後までもつとは思えなかった。足音が近づいてきたので、ちらりと左を見ると、驚《おどろ》いたことに、ジェイソンがこっちにむかって歩いてきた。

「こんなところでなにしてる？」兄さんは言った。

「別に、なにも」

「その顔はどうした？」

ぼくは肩《かた》をすくめて言った。「けんかしたんだ」

「だれと？」

「どうでもいいだろ」

「だれとしたんだ、サム？」

ぼくは答えず、顔を上げてジェイソンを見た。心の中では、兄さんを責める気持ちと、プライドが傷つけられたくやしさが入りまじっていた。ジェイソンは相変わらず髪《かみ》をばかみたいなポニーテールに結び、化粧《けしょう》をしていたので、となりにすわってきた時、ぼくはすごく頭にきて、少しあいだをあけてすわりなおした。その場からはなれたかったけど、そうしたら、ジェイソンはあとをついてきて話そうとするのはわかっているし、ぼくは、このことで兄さんとああだこうだ話したくなかった。

「また、からかわれたのか？」ジェイソンは言った。「それがけんかの理由なのか？」

「ここでなにしてるのさ」ぼくはけんか腰《ごし》で言った。「なぜ授業に出てないんだよ？　それに、ここは中等部の教室がある階で、兄さんが来るところじゃないだろ」

「トイレに来た。上の障害者用トイレはペンキを塗《ぬ》りかえてるところで、この階のを使わなきゃならなかったんだ」

「上には男子用があるじゃないか」

「男子トイレはもう使わない。わかってるだろ。けど、女子トイレは使わせてもらえないからな」

「早く上へもどれよ」ぼくはジェイソンを押《お》しやった。

「おまえがこんなにいらついてるのに、おいてけないじゃないか」

「いらついてなんかない！」

「いや、ふつうじゃない。見ればわかる。怒《おこ》ってるのか？」

「ちがうよ」

「こっちを見ようともしないじゃないか」

「見たくないんだ！」

「話してくれよ、サム」

「へえ、今日は話がしたいんだね」ぼくはかっとなってむきなおると、目の奥《おく》に涙《なみだ》がたまってくるのがわかった。「家じゃ、部屋にとじこもって、ぼくを入れてさえくれないじゃないか。いったいなにしてるんだよ？　ドレスの試着？」

ジェイソンは唇《くちびる》をかんで顔をそむけ、首を横にふった。「いいや。そんなことはしてない」

「じゃあ、お化粧《けしょう》？　口紅塗《ぬ》って、マスカラつけて、女の子みたいに見せようとしてるの？」

ジェイソンはだまりこんでしまったが、片足で床《ゆか》を小さくふみならし、静かに息をする音が横で聞こえていた。

「今思うと、あとのことはあまり考えずに、おまえやお父さんやお母さんにうちあけてしまった」ジェイソンはようやく口をひらいた。「おまえがどんなひどい目にあうか、わかってなかったんだ」

「ああ。わかってないね」

「でも、だれかに話さないと頭がおかしくなりそうだったんだ。いや、もっとひどいことになるかも、って」

「もっとひどい？」ぼくはジェイソンの顔を見た。「今起きてることよりひどいことなんて、なにがあるんだよ？」

「とにかくそう思ったんだ。みんなに言えば、いろんなことが楽になるだろう、って」

「で、なったの？　ぼくにはそうは思えないけど」

「そうだな。たぶん、なってないんだろうな。でも後悔《こうかい》はしてない。とりあえず、やっと自分に正直でいられるようになったんだから。なにがあったか言ってくれ。このことで殴《なぐ》られたんだな？」

ぼくはうなずいた。

「だれだか知らないけど、やりかえしたか？」

「決まってるだろ」

「おまえ自身のことじゃないんだから、がんばらなくていいんだぞ。言いたいやつには言わせとけ。気にするな。聞きながせ」

「気になるよ」

「そうか、もうどうってことないけどな」

「兄さんはぼくのクラスにいるわけじゃない。あいつらの言うことを聞かずにすむんだもの」

「だけど、みんなの目があるのは同じだ。おまえより楽だと思うか？　ここ何年か、自分は学校一の人気者だった。サッカー部のキャプテンだったしな。でも今は、みんなに悪口を言われ、ロッカーにはいろんないたずら書きをされる。友だちだと思ってたやつが、何人もはなれていった。それが楽だと思うんなら――」

「でも、自分で始めたことじゃないか！」ぼくは大声をあげ、むしゃくしゃして思わず立ちあがった。「みんな兄さんのせいなんだぞ！」

「わかってる。でも、ほかにどうすればよかったんだ？　教えてくれよ。おまえだったら、どうしてた？」

「どうもこうもない」ぼくはきっぱりと言った。「だって、ぼくは男なんだから。ずっと男だったし、これからもずっと男で、なにがあっても、それは変わらない」

「そうか、じゃあ、おまえは運がいいんだろうな。自分自身のことで迷わずにすむんだから。心が引きさかれそうになってないんだから。でも、こっちはなってるんだ。それに――」

ジェイソンが言いおわらないうちにベルが鳴り、あちこちの教室のドアがあきはじめた。ぼくはあわてた。兄さんと一緒《いっしょ》のところをだれかに見られたくなかったので、廊下《ろうか》にあふれてきた生徒たちにまぎれ、逃《に》げるようにその場をはなれた。

その夜、ぼくは眠《ねむ》らないように気をつけていた。寝《ね》てしまいそうだと思うと、さっと飛びおきて両手で頬《ほほ》をたたき、ベッドからおりて、見張りについている兵士のように部屋の中を歩きまわった。何度も時刻を確かめたが、時計の針はいつもよりゆっくり動いているように思えた。一階におり、できるだけ音をしぼってテレビを見ようかとも考えたが、お母さんたちの寝室《しんしつ》がリビングの真上なので、二人が目をさましてしまうだろう。計画では二時まで待つつもりだったが、それはインターネットで、二時ごろがたいていの人が睡眠《すいみん》サイクルの一番深いところにいて、なにかあっても、なかなか目がさめない時間だという記事を読んだことがあったからだ。

やっと二時になり、ぼくはベッド横にあるサイドテーブルの引きだしをあけた。夕方のうちにキッチンからもってきたあるものを忍《しの》ばせておいたのだ。両手でもってみると、重くて物騒《ぶっそう》なものに感じられた。ドアの前へ行き、音がしないようにゆっくりとあけて廊下《ろうか》に出る。階段の上で少しだけ立ちどまり、だれかを起こしてしまっていないか、家の中が静まりかえっているか確かめた。そしてまた、裸足《はだし》のままジェイソンの部屋の前まで歩いていくと、ノブを回し、一度に二、三ミリずつ、そろそろとドアをあけていった。

窓のカーテンはちゃんとしまってなくて、真ん中のすきまから月の光が射しこんでいた。ジェイソンは口を少しあけ、シーツを胸の下あたりまでかけて、大きな寝息《ねいき》をたてていた。ジェイソンの体が動き、小さくうなるような声が聞こえた。頭のむきが変わり、シュシュをしたまま寝《ね》ているのがわかった。みんなにきらわれているポニーテールが枕《まくら》の上に広がっている。

ぼくは一歩ずつ近づいていくと、ポニーテールをそっともちあげた。そして、もってきたはさみをかまえ、親指と人差し指に力を入れて刃《は》をひらき、髪《かみ》をはさんでゆっくりととじていった。はさみは切れ味がよく、小気味いい音とともに髪《かみ》が切れ、仕事はあっという間に終わった。気がつくと、ぼくは部屋の真ん中に立ち、片手にポニーテールをにぎっていた。ジェイソンは眠《ねむ》ったまま、また少しもぞもぞ動き、もう一度寝返《ねがえ》りを打ってから、大きく息を吐《は》き、夢の中へもどっていった。ぼくはそれを見とどけてから廊下《ろうか》へ出ると、部屋に帰り、そっとドアをしめて、クローゼットの奥《おく》にしまってある鍵付《かぎつ》きの特別な箱をあけ、お母さんの古いヴォーグの上にポニーテールをおくと、もとどおりに蓋《ふた》をとじて鍵《かぎ》を隠《かく》した。

ベッドにもどり、そのまま長いあいだ横になっていると、胸の中で心臓がドクドク音をたて、自分がしたことは正しかったのかどうか不安になった。とりあえずこれで、お母さんとお父さんは、髪《かみ》を切りなさいとジェイソンをどなりつけることはなくなる。ひょっとしたら、兄さんは朝目がさめて鏡を見たら、自分が男だってことを思いだし、これまでのくだらないことはみんな忘れてくれるかもしれない。これは兄さんのためなんだ。ぼくは自分にそう言いきかせると、寝返《ねがえ》りを打ち、目をとじた。これで、ジェイソンのクラスの人たちも、だれも兄さんをからかわなくなるだろう。
そして、ぼくもからかわれなくなる。
前のように、目立たない存在にもどれる。

6 ブルースター一家

それから何週間か、ジェイソン兄さんは、お母さんともお父さんとも口をきくのをやめ、ぼくともほとんどしゃべらなかった。食事は全部、自分の部屋でドアをしめて食べていたし、その上、ある日の午後、ぼくが学校から帰ってくると、部屋のドアにかんぬきをとりつけているところだった。

「これで今からは、無断でだれかが入ってくるなんてことはなくなる」ジェイソンは、ぼくが階段をのぼりきったところに立っているのに気づくと、そう言った。「お母さんかお父さんか知らないけど、寝《ね》てるあいだに部屋に入ってくるなんて、そんな卑怯《ひきょう》なやり口はない」

「でも、二人とも、やってないって言ってるよ」ぼくは言った。お母さんもお父さんも、ジェイソンのポニーテールを切るなんてことはしてないと言いはってはいたが、やっとポニーテールがなくなってよかったと思っていることは隠《かく》そうともしなかった。だれも、ぼくがやったとは疑ってもいない。

「じゃあ、ひとりでに切れて落ちたっていうのか？　これでよし」ジェイソンはそう言うと、少し下がって満足そうに出来栄《できば》えをながめてから、かんぬきを二、三度動かし、ちゃんとしまることを確かめた。「とにかく、笑われるのはお母さんたちさ。こっちはまた髪《かみ》を伸《の》ばせばいいだけだ。それに、いつもすごく速く伸《の》びるし。春までにはまたポニーテールにできる」

その何週間か、ただでさえ家の中の空気がぴりぴりしてたのに、クリスマスの二日前、ジェイソンは大きな旅行カバンをもって二階からおりてくると、今から一週間出かけてくる、帰るのは年が明けてからだ、と言いはなった。

「なんですって？」お母さんは、ｉＰａｄから顔を上げて言った。「なに言ってるの？　明日はクリスマスイヴじゃない！」

「クリスマスをこの家ですごす気はない」ジェイソンはまっすぐにお母さんの目を見て言った。「シチメンチョウを食べながら、だらだらと幸せ家族のまねごとなんかできない。だって、うちはもう、そうじゃないんだから」

「なぜできない？」お父さんが言った。「クリスマスはどこの家でもそうするじゃないか」

「うわべをとりつくろうのはいやなんだ。それだけさ」

「いいか」お父さんは立ちあがると、一度ジェイソンの肩《かた》に片手をおき、その手をおろして先を続けた。

「別におまえの、その……、状況《じょうきょう》をみんなで話しあう必要なんてないんだぞ。そのことを心配してるのならな」

「それなら安心だね」ジェイソンは答えた。「こっちも自分のことでいろいろ悩《なや》まずにすむだろうし。ほかにもなにか、クリスマスのあいだは表沙汰《おもてざた》にしたくないことや、気づかないふりをしたいことはあるの？」

「いや、ないんじゃないか」お父さんは考えながら言った。「デボラ、なにかあるかい？」

「思いつかないわ」お母さんが答えた。

「よし。クリスマスは一家団らんのためにある。愛しあっている人たちが、ともにすごす日だ」

「でも、こっちは愛されてると思ってないから」ジェイソンは声を荒《あら》らげた。「愛してるんなら、寝《ね》てるあいだに部屋に忍《しの》びこんで髪《かみ》を切ったりしないはずだろ！」

「もう、何度言ったらわかるの」お母さんがいらついた口調で返した。「そんなことは――」

「ほんとうのことを知りたいか、ジェイソン？」お父さんがさえぎった。

「教えてくれる気があるのならね」

「知りたくなかったと思うかもしれないぞ」

「その前に、こんないわれのない仕打ちを受けたくなかったよ。で、なにさ？」

「そんな言い方ってある？」お母さんは頭をふりながら言った。

「だれがあのみっともないポニーテールを切りおとしたのか、わかってるんだ」お父さんが先を続けた。

「そして、それはお母さんでもわたしでもない」

「それで？」ジェイソンは言った。「じゃあ、だれなんだよ？」

お父さんがちらりとこっちを見たので、ぼくは血が凍《こお》りついた気がした。ぼくだってことは見当がついてるんだろうか？

「ほんとうに知りたいんだな？」と、お父さん。

「ああ、知りたい」

「よし、わかった」お父さんは肩《かた》をすくめた。「事実は――そして、今までこのことにおまえ自身が気づいてないのが不思議なくらいだが――髪《かみ》を切ったのは、ジェイソン、おまえだ」

ジェイソンはまじまじとお父さんを見返してから、首をふって笑いだした。

「それはジョークかなにかのつもり？」

「いいや。ばかげていると思うかもしれないが、最後まで聞け。おまえは真夜中に目をさまして鏡をのぞきこんだら、潜在意識《せんざいい》がこう言ったんだ。おまえは自分ではないだれかのふりをしている、とね。それで、自分の手でポニーテールを切りおとし、眠《ねむ》りにもどったが、翌朝目がさめた時にはそのことはまったくおぼえていなかった。まちがいない。記憶《きおく》を封《ふう》じこめてしまったのさ。なぜなら、自分がふだん声高《こわだか》に言ってることと食いちがうからだ」

「じつに興味深い仮説だわ」お母さんがうなずきながら言った。

「そう考えてみると、きれいに筋が通る」お父さんが応じた。

「筋なんてなんにも通ってない」ジェイソンは言いかえした。

「潜在《せんざい》意識はとても大きな力をもつことがある。今度ワトソン先生のところへ行った時に、このことを話してみるといい。きっと先生も同じ考えだろう」

「でも、今まで先生が、お父さんたちと同じ意見だったことはなにひとつないよ」ジェイソンは二週間に一度、ワトソン先生のところへ通っていたが、みんなで初めて行ったあの日以外は、いつも一人で行っていた。「だから、そうは思えないけどね。とにかく、今年はここでクリスマスをすごすつもりはないし、なにを言われてもそれは変わらないから。荷造りもすんでるし、もう行くよ。止めてもむだだから」

「おもちゃはどうするんだ?」お父さんがたずねた。「ラッピングして、ツリーの下においてあるんだぞ」

「もう十七だよ」ジェイソンは、やれやれというように両手を上げて言った。「おもちゃはいらない」

「プレゼントという意味で言ったんだ。言葉のあやだよ」

「お父さんたちからはなにもほしくない。少なくとも、ラッピングしてクリスマスツリーの下におけるようなものはね」

「そんなことより、いったいどこへ行くつもりだ?」お父さんはたずねた。「ホテル代なんてはらえないだろう」

「ローズおばさんのところ」

「なんですって!」お母さんが椅子《いす》から跳《と》びあがった。というのは、もちろんこれが、お母さんにとってはとどめの一撃《いちげき》だったからだ。「本気で言ってるの?」

「百パーセント本気さ」

「つまり、一年で一番大切なクリスマス休暇《きゅうか》を、自分の家族よりローズおばさんとすごしたいっていうこと?」

「おばさんとも血はつながってるじゃないか」ジェイソンは言った。「つながってないふりをしてるけど」

ローズおばさんはお母さんの二歳《さい》下の妹だけど、考え方が全然ちがっていて、そのせいで、おばさんは電車で二時間くらいのところに住んでるのに、めったにうちに来なかった。そこはお母さんとおばさんが育った家で、おじいちゃんとおばあちゃんが死んだあと、おばさんがお母さんの相続分を買いあげる形で自分のものにした家だった。ローズおばさんは、どこをとってもお母さんと正反対の人だ。

ローズおばさんが今までしてきた、お母さんが絶対にしたことがなくて、これからもしないと思われる十のこと

① 飛行機からパラシュートでおりたことがある。

② 三人の男性と結婚《けっこん》して、全員と離婚《りこん》している。

③ 二〇〇三年のイラク戦争反対デモの時、警察官を殴《なぐ》って四週間留置所に入ったことがある。

④ 十九歳《さい》の時、アメリカのコミューンと呼ばれる集団で暮らしたことがある。それから、キブツというところで暮らし、今は、ミルトンキーンズに住んでいる。(コミューンは、同じ価値観をもつ人たちの生活共同体。とくに一九七〇年代のアメリカで、反ベトナム戦争や公民権運動支持の若者たちが作ったものをさす。キブツはイスラエルの生活共同体。ミルトンキーンズは、ロンドンの北西八十キロほどのところにあるニュータウン)

⑤ 映画『スターウォーズ』にエキストラとして出演したことがある。

⑥ おばさんがチャールズ皇太子にむかって投げた卵が、皇太子の肩《かた》にあたって割れたことがある。

⑦ 詩集を作って、ローズプレスという名前のりっぱな出版社から出版したことがある。

⑧　シドニーのハーバーブリッジに登ったことがある。
⑨　腕《うで》に〝デヴィッド・ボウイ〟（イギリスのロックミュージシャン）というタトゥーを入れている。
⑩　ジェイソン兄さんに、「クリスマスに泊《と》まりにきなさい。こっちにいるあいだは、自分のやりたいようにしていればいい」と言った。

「とんでもないわ」お母さんが言った。「あの人は、おまえの思いこみを助長するだけよ。どうしましょう、おまえをしばりつけて切っちゃうかもしれない」

「切るって、なにを？」ぼくはたずねた。

「切ったのはお母さんたちじゃないか！」ジェイソンは怒《おこ》った声で言った。

「わたしたちは、あのいまいましいポニーテールには指一本ふれてません！」お母さんは大声で言いかえした。「本音を言うと、あれがなくなってうれしいけどね。とりあえず、見た目はほんとうの男の子に見えるから」

「ピノキオみたいに言うな！」ジェイソンはどなった。

「とにかく、わたしは反対よ。ローズには少しでもこの件にかかわってもらいたくないわ」

「それなら、もうかかわってるよ」ジェイソンはしばらくだまりこんでから、そう言った。

「なんですって？」お母さんは、ジェイソンの顔を見やった。

「おばさんはもうかかわってる、って言ったんだ」

ちらっとお母さんを見ると、のどがごくりと動くのがわかった。顔には、見るのがつらくなるくらい傷ついた表情を浮《う》かべている。

「もう事情を話してしまったっていうこと？」

「ああ」

「どこまでしゃべったの？」

「なにもかも。ほとんど毎日電話してるから」

「ああ、そういうこと」お母さんは膝《ひざ》に目を落とした。声はずいぶん小さくなっている。

「デボラ」お父さんが言いかけたが、お母さんは頭をふり、それをさえぎった。

「いいわ」

「よくないだろう！」

「いいのよ。この子が、母親のわたしじゃなくて、あの人になら話せると思うなら――」

「話そうとしたじゃないか！」ジェイソンがどなった。「でも、お母さんは聞こうとしてくれない！ローズおばさんはちゃんと聞いてくれる！　それに、人を病人あつかいしたりしないから！」

「そんな言い方しなくたって……」お母さんが言った。

「お母さんを傷つけたいわけじゃない」ジェイソンの声は少しやさしくなった。「ただ、自分に正直でいたいだけだ。それだけなんだ。はっきり言って、今のお母さんは力になってくれてない。そのつもりなのかもしれないけど、力にはなってない。だから、今からこの家を出る。連絡《れんらく》がとりたければ、ローズおばさんの家にいるから」

「でも、いつもどってくるの？」ぼくは立ちあがってたずねた。ジェイソンのいないクリスマスなんて考えられない。みんなあのポニーテールのせいだというんなら、ぼくのせいってことになる。かといって、うちあける勇気はなかった。

「さあね。たぶん、年内には帰るよ」

「一緒《いっしょ》に行ってもいい？」

「それはだめだ、サム」お父さんはぴしゃりと言ったが、腰《こし》をおろして、がっくり落ちこんでいた。

「でも、兄さんのいないクリスマスなんていやだ！」ぼくは叫《さけ》んだ。

「お父さんたちも同じさ。でも、本人の決心は変わらないらしいからな。ジェイソンにむかってああしろこうしろとは言えないかもしれんが、おまえには言うことをきいてもらうぞ」

「ベッドの上にプレゼントをおいといたから」ジェイソンは小声で言うと、近づいてきてぼくを抱《だ》きしめようとしたが、ぼくは体を引いた。そしてそのままソファに腰《こし》をおろして両手で顔をおおい、全部ただの夢で、すぐに目がさめればいいのにと願った。

「出ていくんなら、早く行きなさいよ！」とうとう、お母さんがどなった。「そうしてそこに突《つ》っ立って、こっちを見てたってしかたないでしょ！」

これを聞いたジェイソンは、肩《かた》をすくめ、旅行カバンをもって出ていった。ぼくたちはしばらくだまってすわっていたが、とうとうお母さんが、ぱっと椅子《いす》から立ちあがり、表へ駆《か》けだしていって、道の左右を見わたした。

「ジェイソン！」お母さんは叫《さけ》んだ。「ジェイソン！」

でも、もうおそかった。ジェイソンは行ってしまった。

それまでで最低のクリスマスだった。夕食のテーブルをかこむのがぼくら三人だけだと、気まずい雰《ふん》囲気《いき》になるとわかっていたんだろう、お母さんは議員仲間の一人とその奥《おく》さん、そして、十四歳《さい》の娘《むすめ》を招待した。ローラというその女の子は、他人の家でクリスマスをすごさなきゃならないことにそうとう怒《おこ》っているみたいだった。でも、この一家がうちに入ってきてすぐに気がついたんだけど、ブルースター議員は――ボビーと呼んでくれ、とぼくには言ってたけど――、招待されたことがとてもうれしそうで、いいところを見せられるのならなんでもする気でいるのがわかった。奥《おく》さんのステファニーも、お世辞の連発だった。

「大臣、今日はお招きいただいて、ほんとうにありがとうございます」ようやく全員が席に着くと、ボビーが言った。テーブルの上には、シチメンチョウ、ハム、三種類のジャガイモ料理、チポラータソーセージ、野菜が四種類と、たっぷりのグレービーソースがならんでいた。こんな時でなかったら、よだれがたれそうなごちそうだった。

「あら、今日は堅苦《かたくる》しいことはぬきにして」お母さんが言った。「デボラと呼んでちょうだい」

「では、デボラ、ほんとうにありがたいことです。この一年、いろいろあっただけに、こうして親切にしていただけるのはとてもうれしい」

「ええ、ここ何か月か、悪いこと続きで」ステファニーが言った。

「なにがあったんですか？」ぼくは急に興味がわき、たずねてみた。

「申しこみをすませていたのに、旅行会社がつぶれてね」ボビーが答えた。「だから、休暇《きゅうか》でセーシェル諸島へ行くためにはらっておいた前金がもどってこなかったんだ」

「それに、新しいＢＭＷを買おうと思ったら、順番待ちが大勢いて」ステファニーがつけくわえた。

「結局、去年のモデルでがまんしなきゃならなかったのよ」

「ああ」ボビーが言った。「モデルの話はやめてくれ」

「なにかあったのかい？」お父さんがたずねた。

「パパ！」ローラが声をあげた。ローラは居心地《いごこち》が悪くなるほど近くにすわっていたので、ぼくはなかなか顔をそっちにむけられなかった。白い肌《はだ》にきれいな青い目をしていて、ローラがこっちを見るたびに、ぼくは逃《に》げだして、気の弱い子犬みたいにソファのうしろに隠《かく》れたくなった。さっき名前をきかれた時には、自分の名前を思いだすのに十五秒もかかったのだ。

「ああ、デボラ、聞いてくださいな」ステファニーがそう言って、ナイフとフォークをおいた。「信じてくれないかもしれませんけど。二か月ほど前に、ローラとわたしがオックスフォード通りに買い物に行って、トップショップに入ることにしたの。もちろん、ふだん自分では入るようなお店じゃないんですけど、ローラがどうしても、って言うものだから。とにかく、中に入って五分もしないうちに、一人の女性が近づいてきて、モデル事務所のスカウトだって名乗るじゃない。そして、ローラはすばらしい容姿をしている、それに、歩き方が……いえね、その人は、この子が店の中を歩きまわるのをずっと見てたんですって。で、こんな子は見たことがない、って言うの！」

「それはどうも」ローラはそう言って、くるりと目を回した。「つまり、わたしのいいところは、片足をもう一方の足の前に出して前進できることだっていうのね。次はなにができるようになればいいのかしら？」

「ローラ、やめなさい」ステファニーは少しのあいだ、片手を娘《むすめ》の手の甲《こう》においた。「ママがしゃべってるんだから、あなたは聞いててちょうだい。とにかく」ステファニーはそう言って、お母さんのほうをふりかえった。「そのスカウトの方は、ローラに事務所に来てもらって写真を何枚か撮《と》らせてくれないか、って言うものだから、わたしはもう舞《ま》いあがってしまって。こんなチャンスはそうあるもんじゃないでしょ。なのに、そのやりとりをしてる横で、どうやら、わたしの娘《むすめ》らしいこの子は、まるでスズメバチでものみこんだような顔をして突《つ》っ立ってるじゃありませんか」

「だって、わたしは、モデルになんか、なりたく、ありませんから」ローラは歯を食いしばるように言った。そして、いちいち言葉を切る様子から、トップショップでのこの出来事があってから、母親に少なくとも千回はこのせりふをくりかえしてきたことがわかった。

「とにかく、かいつまんで言えば、この恩知らずのだれかさんをどうにか説得して、写真撮影《さつえい》につれていったの。まるで歯医者につれていくみたいだったわ。でも正直、きっとこのためなら左脚《ひだりあし》をとられてもいいと思う女の子が何千人もいるようなチャンスですもの！」

「脚《あし》が片方しかないんじゃ、あまりいいモデルにはなれんだろう」ボビーがそう言うと、口をあけて笑ったので、中でクリスマスのごちそうがぐちゃぐちゃにまじっているのが見え、ぼくは吐《は》きそうになった。「モデルらしく歩けないだろ。けんけんになっちゃうじゃないか！」

「そんな言い方はないんじゃないかな」ぼくは小声で言った。「それに、片脚《かたあし》のモデルさんをテレビで見たことあるけど」

「いや、そんなはずはない」ボビーが言った。

「だって、見たんだから」

「見てない」

「見ました」

「ポール・マッカートニーは、片脚《かたあし》の女性と結婚《けっこん》したんじゃなかったっけ？」お父さんが言った。

「みんな、話を聞きましょうよ」と、お母さんが言った。「ごめんなさいね、ステファニー、先を続けてちょうだい」

「ああ、はい。それで、写真撮影《さつえい》に行ったんです。公平を期して言えば、ローラは言われたことはすべてやりました。求められたポーズをとり、カメラに視線をむけたりそらしたり、手を上げたりおろしたりしてたわ。どう言えばいいかよくわからないけど、ほら、わたしはモデルになれるような人間じゃないし……」ステファニーはそこで少し間をとって、テーブルを見まわした。たぶん、だれかが、そんなことはないよ、と言ってくれるのを待っていたんだろうけど、だれもなにも言わず、だんなさんのボビーさえだまっていたので、しかたなく先を続けた。「とにかく、全部終わると、モデル事務所の人たちがパソコンのモニターの前に集まって写真を見はじめたんです。みなさん、すごく興奮しているのがわかりました。すると、また別の女性がわたしたちのところへやってきて、事務所の社長だと名乗り、その場でローラにお仕事のオファーを出したいとおっしゃったんです。特集記事やオートクチュールのページでの掲載《けいさい》を保証できると思います、ってね。『こんなにナチュラルな人はケイト（ケイト・モス。イギリスの有名ファッションモデル。十四歳《さい》の時にスカウトされた）以来見たことがありませんし、あれはもう、ずいぶん前のことですから。娘《むすめ》さんは有名になりますよ』そうおっしゃったの」

「それなら、すばらしい話じゃありませんか」お母さんは言ったが、もうこの話にあきてきたような顔をしていた。とくに、同じくらい人の気を引くような話が自分にはない時、お母さんはよくこういう顔をする。「おめでとう！　さぞわくわくしてるでしょうね！」

「とんでもない！」ステファニーは続けた。「なにしろローラは……わたしの聡明《そうめい》な一人娘《むすめ》は、この話を断ったんですから！」

「なんですって？」

「わたしはモデルになんかなりたくありません」ローラはくりかえした。「これだけははっきり言ってるのに、どうしてわからないの。ずっとそう言ってるでしょ」

「でも、それはばかげてるだろう」うちのお父さんが口をはさんだ。「きみはだれが見てもふりかえるような美人じゃないか。ああ、わたしが三十歳《さい》、いや、二十歳《さい》若かったら――」

みんなにいっせいに顔を見られて、お父さんは真っ赤になった。「いや、きみの年にしては、っていう話さ」そう言って咳《せ》きこみ、さっとハンカチを口もとへもっていった。「まあ、きみはまだ大人になっていないし――」

「でも、どうして？」お母さんが、すっかりとまどった声で言った。「こんなチャンスは一生に一度あるかないかでしょ。なのに、それを利用しないなんて。いったいなぜ？　なにかほかに、生涯《しょうがい》をかけてやりたいことがあるのかしら？」

「ガーデナーになりたいんです」ローラが答えた。

「なんですって？　ごめんなさい、今あなた、ガーデナーって言ったかしら？」

「はい、そう言いました」

お母さんは、とまどうどころじゃないという顔をした。「それって、庭の見栄《みば》えをよくする、あのガーデナー？」お母さんはようやくそう言った。

「造園がやりたいんです」ローラはそう言って、ぼくらを見まわした。その顔からは、うんざりした表情が消え、目が輝《かがや》いていた。「いろんな庭の設計がしてみたいんです。大きな庭園、小さな庭園、幾何《きか》学的《がくてき》な庭、自然な庭……。チェルシー・フラワー・ショーへ行ったことがありますか、ミセス・ウェイヴァー？」

「ええ、もちろん」お母さんは答えた。「毎年、女王陛下がいらっしゃる日に合わせてね。花粉症《かふんしょう》がひどい年も行ってるわ。険しい道を登りきるために支払《しはら》わなきゃならない代償《だいしょう》だから！」

「わたしも毎年行ってます」ローラは言った。

「わたしの責任だと言われてもしかたがありません」ボビーが言った。「この子がまだ四、五歳《さい》のころにつれていったら、それ以来毎年、また行きたいとせがまれるようになったんです」

「初めて行ったあの時から、わたしがやりたいことはこれだ、って思ってます」

「じゃあ、聞くけど」と、お母さんが言った。「あなたは肘《ひじ》まで泥《どろ》だらけになって一生すごしたいと思ってるの？　最新流行のオスカー・デ・ラ・レンタのドレスを着て、ローマやミラノやニューヨークのファッションショーに出られるかもしれないのに？　それがわかって言ってるのかしら？」

「はい」ローラは答え、ニンジンを口に放りこんだ。

「驚《おど》きね」お母さんはそう言って、首を横にふった。「近ごろの若い人たちが考えることは、ほんとうにわからない。本人が望むような機会をすべて与《あた》えているのに、それをわれわれの顔めがけて投げかえしてくるんですもの」

「動物園のサルが排泄物《はいせつぶつ》を投げちらかすみたいだな」お父さんが応じた。

「アラン」お母さんは、一瞬《いっしゅん》、顔をしかめて目をとじた。「ディナーの席でそういうのはやめてちょうだい」

「すまなかった、デボラ」

「朝ごはんの時におちんちんって言うのも禁止なんだ」ぼくはローラにそうささやいてから、自分がなにを言ったのか気づき、白かった顔がおよそ三秒で真っ赤になった。

ローラは小さく鼻を鳴らして笑い、頭を左右にふった。「わたしはガーデナーになれたら幸せです。それがわたしの願いだから」

「とにかく、ひどい二か月だったわ」ステファニーはため息をつきながら言った。「でも、来年はましな年になることを願いましょう」

「それがいい」ボビーはそう言うと、ナイフとフォークをおき、にっこり笑ってワイングラスをかかげた。「先のことはだれにもわかりませんからね。ひょっとしたら来年の今ごろは、ウェイヴァー家がクリスマスを祝うのは、この家ではないかもしれないじゃないですか」

「いえ、まあ……」お母さんは、できるだけ居心地《いごこち》の悪そうな顔をしてみせた。「先走るのはやめておきましょう」

「どうして来年のクリスマスはここにいないかもしれないの？」ぼくはたずねた。「引っ越《こ》したりしないよね？」

「しないよ、サム」お父さんが答えた。「その予定はない。今のところはな。でも、この先どうなるか、だれにもわからんじゃないか」

「十番地でクリスマスとなると、それはまあ一大事でしょうね」

「でも、十番地はここだよ」ぼくは言った。実際、ぼくらの家はほんとうに、この通りの十番地だからだ。

「今はそのポストが空いてるわけではありません」お母さんが言った。「この状況《じょうきょう》が続くかぎり、わたしは全力で首相を支えます。でも、この先、仮に空席となったのなら、もちろん、みんなそれぞれの立場を考え、同僚《どうりょう》議員の助言を求める必要があるでしょう」

「いや、これはまた」ボビーは声をたてて笑い、片手でテーブルをピシャリとたたいた。「例のスカイニュースのキャスターが、この部屋のどこかでしゃべってるみたいじゃありませんか。ファイザル・イズラム（イギリスの著名ニュースキャスター）、いい子だからテーブルの下から出てきて、なにか食べたらどうだい！」

ボビーは甲高《かんだか》い声で言いながらみんなを見まわしたが、たぶん、お母さんがとがめるような顔をしたのに気づいたんだろう、すぐに見まわすのをやめた。そして、「あの、まったくおっしゃるとおりです、大臣」と言った。「ウェイヴァー大臣。いえ、ウェイヴァーさん、あ、デボラ、でしたね。今はまだ空いていないポストを求めてもしかたがありません。ですが、もちろん、しかるべき時が来れば、おわかりのことと思いますが、わたしはあなたこそすぐれた――」

「ありがとう、ボビー」お母さんは微笑《ほほえ》みながら言った。「とてもありがたいわ。とくに、党内にはあなたの意見を仰《あお》ごうとする人がたくさんいることを考えるとね。そう遠くない将来、あなたが政府の重要ポストのひとつに就《つ》くのを見れば、彼《かれ》らの多くにとってはげみになるでしょうし」

「重要ポストといいますと？」ステファニーがそう言って、身を乗りだした。

「また先走った話になってしまったわ」お母さんは答えた。「それに、今日はクリスマスでしょ。政治の話は忘れて、食事を楽しみましょう」

ここでこの話が終わってしまうのが少し残念だという空気が、テーブルのまわりに流れるのがわかった。

「そう言えば、もう一人、息子《むすこ》さんがいらっしゃったわよね？」とうとうステファニーがこの話をもちだしたのは、年内に雪がふるかどうかという話を、がまんして十分ほど続けたあとのことだった。

「もう一人の息子《むすこ》？」お母さんは顔を上げ、そうだったかしら、とでも言わんばかりに眉《まゆ》をひそめてききかえした。

「ええ、息子《むすこ》さんが二人いらっしゃいましたよね？」

「ああ、ジェイソンのことね。ええ、もう十七歳《さい》になったわ」

「クリスマスなのに、ここにはいらっしゃらないの？」

「ええ、ボランティア活動をしていて」

「ボランティア？」

「そう」

「どちらで？」

「イーストエンドのホームレスのためのシェルターで」

ボビーとステファニーはナイフとフォークをおき、お母さんのねらいどおり感心した表情を浮《う》かべた。

ローラでさえちらりと目を上げ、ようやく興味がわいたというように片方の眉《まゆ》を動かした。

「クリスマス当日にですか？」とボビー。

「そりゃあ、わたしたちは一緒《いっしょ》にいてくれたほうがよかったんですけどね」お父さんが口をひらいた。

「ただ、ジェイソンは、奉仕《ほうし》活動や市民としての義務に対する意識がことのほか高くて……。もちろん、母親ゆずりなんでしょう。で、自分がこんなにも恵《めぐ》まれた暮らしを送っているのだから、今年はいくらか社会に還元《かんげん》しよう、そう思ったらしいんです」

「自慢《じまん》の息子《むすこ》さんですわね」ステファニーが言った。「うちにもそういう子がいればよかったんですけど、ローラみたいな感謝の気持ちを示さない子じゃなくて」

「わたしが感謝しないのは」ローラは言いかけると、まるで遠くにいる人たちを見るような目で、こっちをむいた。「モデルになんてなりたくないから、それだけよ」

「なれると思うけど」ぼくは小声で言った。「ほんとにきれいだから」

みんながいっせいにこっちを見たので、足もとの地面が割れて、ぼくをそっくりのみこんでくれればいいのにと思った。

「いや、自慢《じまん》していいんじゃありませんか」ボビーもそう言った。「クリスマスにそういう形で社会に還元《かんげん》するような息子《むすこ》さんがいらっしゃるんだ。党としても歓迎《かんげい》するでしょう。もう、広報担当には知らせたんでしょうね。今からでも、報道機関に伝えて写真を撮《と》らせる手配はできるんじゃないですか。わが党の閣外議員たちにも好印象を与《あた》えるでしょう」

「じつはね、ボビー」お母さんは、少し不安そうな顔をした。「この件はだれにも言わないほうがいいと思ってるの。もちろん、ジェイソンが自分で決めたことだし、それをわたしが政治的に利用していると思われるのはいやなのよ」

「まかせてください」ボビーは片目をつむった。「記者の耳に、それとなく入れれば――」

「やめてちょうだい」お母さんは少し大きな声を出した。「わたしは本心でそう言ってるんです。このことはだれにも知られたくありません。一人でやらせておいてあげましょう。これは個人的な問題です」

「ほんとうにそれでいいんですね」ボビーは、お母さんが本心でそう言っているのか確信がもてないようだった。

「もちろん、かまいません。じつは今後は、政治活動に子どもたちを巻きこまずにすめばそれが一番だと思っているの。政策論議だけに力を注ぎたいわ」


夕食がすみ、ぼくは本でも読もうと、二階の自分の部屋へ上がっていったら、ローラとばったり出くわしてしまった。ブルースター一家はもうすぐ帰ろうかという時間だったが、ローラが二階にあるトイレから出てきたところへ、ちょうどぼくが階段をのぼっていったのだ。

「部屋を見せてくれない？」そう言われて、ぼくは固まってしまった。女性がぼくの部屋に入ったことは一度もない。お母さんは例外で、数の内に入らない。ジェイソンの前のガールフレンドだったペニーが入ろうとしたことがあるけど、ぼくはドアの内側に椅子《いす》をあてがって、ペニーが帰るまで、頑《がん》として出ていかなかった。

「どうして？」ぼくはききかえした。

「だって、下じゃ、また政治の話をしてるから、わたしはテーブルに頭を打ちつけて気絶したくなるんですもの。お願い、もうあそこへはもどりたくないの」

迷ったけど、ほかにどうしようもなさそうだったので、二人で部屋に入っていった。見られてまずいものはないか、すばやく見まわしてみる。床《ゆか》にパンツが二枚落ちていたのでベッドの下に蹴《け》りこみはしたが、あとは、問題なさそうだった。ヴォーグの古い号も、見えるところには一冊もおいてない。ローラはベッドに倒《たお》れこんで伸《の》びをしたが、ぼくはできるだけはなれて床《ゆか》にすわり、壁《かべ》にもたれて膝《ひざ》をかかえた。

「リーサ・ターンブルって子、知ってる?」ローラがきいてきたので、ぼくはうなずいた。リーサは同じクラスの女子で、ぼくにとっては、宿敵のデイヴィッド・フューグと同じくらいいやなやつだった。顔に新しいにきびができるたび、リーサはいちいちそれをみんなにふれてまわる。

「うん」

「その子のこと、好き?」

ぼくはためらった。正直に言ったほうがいいかどうかわからなかったからだ。「どうしてリーサのこと知ってるの?」ぼくはききかえした。

「直接知ってるわけじゃないわ。その子のお姉さんを知ってるんだけど、そりゃあいじわるで。前は友だちだったけど、今はちがうわ」

「なんで？」

「だって、うわさ話ばっかりするんだもの。それに、だれかが困るようなことを起こしてる時が一番楽しそうなの」

「わかるよ」

「ねえ、ガールフレンドはいる？」ローラの質問に、胃がよじれてあっちこっちに動きだすのがわかった。

「特別な子はいない」

「どういう意味？」

「いないよ、ガールフレンドはいない」

「そう」

ローラはベッドからぴょんとおりると、本箱の前へ行き、背表紙をながめながら、時おりぬきだしては表紙を見ていった。

「これ、みんな自分で読んだ本？」ローラはそう言って眉《まゆ》をひそめた。

「うん。どうして？」

「小さい子用の本が多いから。わたしたちくらいの読者むけのものは読まないの？」

「ぼくは難読症《しょう》なんだ。読むのは苦手だけど、読書は好きだから、しかたなく、小さい子むけの本を読むことが多い。そうすれば最後まで読めるからね。でも、シャーロック・ホームズのシリーズは別だよ。子どもむけじゃないけど、すごくおもしろいからがんばって読んでる」

「そう」ローラは本をもどしながら言った。「ごめんね、いじわるで言ったわけじゃないから」

「いいよ、わかってる」

「気休めかもしれないけど、わたしは十歳《さい》まで靴《くつ》の紐《ひも》が結べなかったわ。口笛は今も吹《ふ》けないし」

「まさか」ぼくはそう言って笑った。

「でしょ。思いどおりに手が動いてくれないの」続けて、ローラは言った。「ねえ、ほんとうのことを教えてくれない？　お兄さんは、ほんとはホームレスのシェルターを手伝ってるわけじゃないわよね？」

「手伝ってるよ。どうしてそんなこと言うんだい？」

「だって、あなたのお母さんがそう言った時、すごく驚《おどろ》いたみたいに顔を上げたじゃない」

「よその人に言うとは思ってなかったから。それだけさ」

「リビングにかかってたお兄さんの写真を見たわ。素敵《すてき》よね」

「ジェイソンは十七だよ。きみはまだ十四じゃないか」

「わかってる。でも、ほんとにそう思うわ。あなたもお兄さん似よね」

ぼくはどう答えていいかわからず、顔をしかめた。

「そんな顔しないでよ、サム。ほめてるんだから」

それから、ローラはぼくにむかってにっこり笑うと、下へおりていった。ぼくは、ローラのつけてた香水《こうすい》のにおいがただよう部屋に一人残された。そして、久しぶりに、その夜はもう、ジェイソンのことを考えなかった。

7 ローズおばさんの家

一月の半ばになってもジェイソン兄さんは家にもどらず、ぼくはさみしい思いをしていたが、同時に、ジェイソンがいないほうが面倒《めんどう》なことはずっとへるとわかった。ジェイソンとは時おり電話でしゃべったけれど、お互《たが》い、話すことがそんなにあるわけじゃないのもわかった。学校は、とりあえず何週間か、ジェイソンが、いわゆる「個人的問題」にとりくんでいるあいだは、ローズおばさんに勉強を教わることを許可してくれていた。

クリスマス休暇《きゅうか》が終わって学校が始まると、ぼくはまた目立たない存在にもどった。なぜなら、みんな新しいうわさ話にとびついたからだ。たとえば、地理の先生が、たまたまぼくらの数学の先生でもある奥《おく》さんと別れたのは、ほかにつきあっている女の人がいるからで、それは、なんとぼくらの理科の先生で、休み時間に廊下《ろうか》で三人そろって言い争っているのをよく見かけるというような話だ。それから、校長先生がハーレーのオートバイを買い、毎朝、革ジャン・革ズボンで学校にやってくるので、おもしろいけど、びっくりだし、やめてくれとみんな思っているというのも話題になった。

三十五歳《さい》をすぎたら絶対にやっちゃいけない十のこと

① ハーレーのオートバイを買って、毎朝、革ジャン・革ズボンで学校にやってくること。
② 「よお」とか「ウッス」、「やってるかい」とか「ウケる」、なんていう言葉を使うこと。
③ ダンス。
④ 生徒にむかって、今日は「超絶二日酔《ちょうぜつふつかよ》い」だから、みんなもう少し小さな声でしゃべってくれ、なんて言うこと。感じ悪いし、かっこ悪いだけ。
⑤ スター・ウォーズのフィギュアのコレクションの話をすること。
⑥ 「カウントダウン」を見てないふりをすること。ほんとは見ているし、自分では数字コーナーがすごく得意だと思っていて、あのクイズ番組に出演できるならどんなことでもするつもりでいるのは、みんなわかってるんだから。
⑦ コンバースのスニーカーや革靴《かわぐつ》を素足《すあし》ではくこと。

⑧　オアシスみたいな、もう何年も前にはやったバンドの話をすること。
⑨　話の頭に、「自分の若いころは」とつけること。
⑩　セックス。マジ、キモい。

ぼくの宿敵、デイヴィッド・フューグは、相変わらずぼくをいじめていたが、もうジェイソンのことをネタにはしなかった。正直、ぼくにはほかにも突《つ》っこみどころがたくさんあった。おでこにはにきびがいくつかあり、デイヴィッドは肌《はだ》がほんとうにすべすべなので、そのことでぼくをからかったり、クレアラシルのびんを投げつけてきたりした。上唇《うわくちびる》の上にひげが何本か生えてきてるのに気づいた時には、油性マジックを使って、もっと濃《こ》くして目立たせようとしたら、一から描《か》いたみたいになってしまい、しかも落とそうとしてもあまり変わらず、何日かそのままになっていたこともある。それから、ローラの名前をノートの表紙に書き、まわりにハートマークをいくつも描《か》いてるところを見つかってしまい――そんなことをしてるとは、自分でも意識していなかったんだけど――、デイヴィッドはみんなに、サムは女の子が好きになったから、学校で一番ゲイなやつだ、という、よく意味のわからないことを言い、でも、みんなはとりあえずそれに乗ってしまった。例外は、自分がゲイで、去年それをみんなに宣言したジェイク・トムリンだけだ。ジェイクは、サムはゲイじゃない、おれはカタツムリとカキの区別はつく——ぼくにはどういう意味だかわからないけど——、と言ってくれた。ぼくはお礼を言いたかったが、ジェイクが気を悪くするかもしれないので、なにも言わずにおいた。

家では、家族が一人欠けてることをだれも口にしなかったので、時おり、まるでジェイソンのことをおぼえているのはぼくだけかもしれないと思うほどだった。お母さんとお父さんはぼくの存在をほとんど無視して、いつも携帯《けいたい》かiPadかノートパソコンをいじっていた。毎晩のように党からやってきた人が家の中にいて、ぼくはめったにテレビも見られず、お母さんたちはずっと名簿《めいぼ》をチェックしつづけ、名前をあげた人が「支持」なのか「不支持」なのか、それとも「説得可能」なのか、判断しようとしていた。説得してなにをしてもらおうとしているのか、とたずねると、お母さんは、「信用してもらう」のだと答えた。

というわけで、春の学期途中《とちゅう》の休みのある日、ぼくが姿を消しても、何時間かたつまで、二人ともぼくがいないことさえ気づかなかったのも、そう驚《おどろ》くことじゃないんだろう。

ことの始まりは、いきなり、ぼくあての手紙が来たことだった。誕生日にお祝いのカードが来ることはあっても、手紙なんてもらったことがなかったので、ある朝、キッチンのテーブルに手紙がおいてあるのを見た時は、ちょっとした衝撃《しょうげき》だった。あけてみると、中には二十ポンド紙幣《しへい》と短い手紙が入っていた。

サムへ

二、三日泊《と》まりにおいで！　切符代《きっぷだい》を同封《どうふう》したからね。金曜日の五時にオックスフォード駅で待っています。

ピース！

ローズおばさんより

三十五歳《さい》をすぎたら絶対にやっちゃいけないこと、十一項目《こうもく》め

⑪「ピース！」と言うこと。

手紙をもらって——そしてお金も——うれしかったが、おばさんが急にぼくに泊《と》まりにこい、と言ってきたことには少しも驚《おどろ》かなかった。なにしろ、ローズおばさんには、思いつきで突然《とつぜん》なにかをするという過去があったからだ。一度など、ホームレスの男の人を風邪《かぜ》が治るまでと言って何日か家に泊《と》めてやり、結局その人は、離婚《りこん》するまでの二年間、ぼくにとってはバーニーおじさんになったのだった。

また別の時期には、シリアからの難民家族を迎《むか》えいれ、半年一緒《いっしょ》に暮らしたことがあった。お母さんは、その事実が表に出たら党内の支持を失うかもしれないから、おばさんの家には行けないと言った。それから、エジンバラ公（現イギリス女王エリザベス二世の夫。二〇一七年にすべての公務から退いた）が公務から引退した時には、うちに泊《と》まりにきませんか、二人で散歩して、夜はブルーベリージャムを作りましょう、と書いた手紙を出したところ、丁寧《ていねい》な返事をもらい、そこには、とてもありがたい申し出だけれど、行きたくないのでお断りします、と書いてあったそうだ。

お母さん、お父さんぬきでどこかへ招かれるということは、自分がすごく大人になった気がするものだし、それまで、こんな大金をもったことは記憶《きおく》になかったので、ぼくは金曜日、学校が終わって家に帰ってくると、制服をぬいで荷物をカバンに詰《つ》め、おばさんの家へ行くために地下鉄でパディントン駅まで行った。またジェイソンに会えると思うとわくわくしたし、できれば兄さんが、お母さんたちに対するほど、ぼくに腹をたてていないことを願っていた。

オックスフォードまでは一時間くらいで、そんなに遠くない。ぼくはがんばって『黄金の羅針盤《らしんばん》』を読もうとしたけれど、目の前にある文字は混じりあい、順番を変えつづけたので、ジェイソンがそばにいて読むのを助けてくれたらいいのにと思っていた。列車が駅に着くと、ローズおばさんは改札口まで迎《むか》えにきてくれていた。おばさんは満面の笑《え》みを浮《う》かべ、まわりの人たちがみな思わずふりかえるほど大きな声を出したので、ぼくは回れ右をして次の上り列車に乗って帰ってしまおうかと思った。

「来るってわかってたわ」ローズおばさんは言った。「自分に言いきかせてたのよ。サムのことはいつだって信用できる、がっかりせずにすむ、ってね！　とってもうれしいわ。この前会った時からずいぶん背が伸《の》びたわね！　そう言えば、アブドがうちで暮らしはじめたのが今のおまえと同じ年だったっけ。来た時は身長が百六十センチなかったのに、ぐんぐん伸《の》びて、出ていく時は百八十近くあったのよ。そういう時期なんでしょうね」アブドというのは、おばさんが家に住まわせていたシリア難民の一人だ。

ローズおばさんの髪《かみ》が、ルコゼード（オレンジ色をしたスポーツ飲料）と同じ色をしていることはたいして気にならなかった。なぜなら、おばさんは会うたびに髪《かみ》の色がちがっている上に、それが、クレヨンのどの色と言えるようなふつうの色じゃなくて、いくつかの色をまぜあわせたような不思議な色だったからだ。まるで自然界では見られないものを作るために、三、四種類の色を鍋《なべ》で溶《と》かしてかきまぜたみたいだった。でも、ぼくが驚《おどろ》いたのはおばさんの服で、ゴミ袋《ぶくろ》や麻袋《あさぶくろ》の切れ端《はし》と死んだシマウマの皮を縫《ぬ》いあわせたのかと思った。

「どう、この服？」おばさんはそう言うと、ダンサーみたいにくるりと回って片足を宙にはねあげてみせた。すると、サンダルが飛んでいって男の人の頭に当たってしまったので、おばさんは走っていってサンダルを拾い、あやまらなければならなかった。「わたしが作ったのよ」おばさんはもどってくると言った。

「そうじゃないかと思った」

「ね、見るからに特注で作りましたって感じで、素敵《すてき》でしょ？　じつはね、サム、わたしは自分の天職に気づいてなかったんだと思うの。気づいていれば、ヴィヴィアン・ウェストウッドみたいなファッションデザイナーになれたのに。一度、シェイクスピアの『真夏の夜の夢』の舞台衣装《ぶたいいしょう》をデザインしたことがあったんだけど――あら、たいしたことないのよ、レパートリー公演（次々《つぎつぎ》と演目を変える上演方式）だから――、ある晩、ダラム劇場の観客の中にアルバート・フィニーがいてね、幕がおりたあとで楽屋をのぞきにきてくれたの。わたしは気おくれして近づけなかったんだけど、でも、はっきり聞こえたわ、ボトム役を演じたわたしの最初の夫で、おまえのおじさんのジェイムズに、いったいだれが衣《い》装《しょう》をデザインしたんだい、って言ったのよ。独創的な衣装《いしょう》に驚《おどろ》いてるのが、声の調子でわかったわ。それは誇《ほこ》らしい瞬間《しゅんかん》だった」

「アルバート・フィニーって？」

「ああ、名優中の名優ね。しかも、いい男！　まあ、サムは知らないかもしれないけど。で、列車の旅はどうだった？　だれか愉快《ゆかい》な人とおしゃべりできたかしら？」

「知らない人としゃべるな、って、お母さんやお父さんから、いつも言われてるから。ズボンの中に手を突《つ》っこんでくるような連中ばかりだから、って」

「ばかばかしい」おばさんは、片手のひとふりではねのけた。「知らない人こそおもしろいんじゃないの。だって、三人目の夫と出会ったのは列車の中なんだもの。デンゼルおじさんをおぼえてる?」

「うん」デンゼルおじさんは、ローズおばさんのだんなさんの中で、ぼくが一番好きな人だった。一度、オールトンタワーズの遊園地につれていってくれたことがあって、その時は綿あめを好きなだけ買ってくれた。下品なジョークをたくさん知ってて、それをぼくに言うのが大好きだったっけ。

「デンゼルはクロスカントリー線の列車の検札係だったわ。ああ、でも、初めて会った時は、ふつうの乗客の一人だったんだけどね。たまたまむかいの席にすわってて、おしゃべりを始めたのがなれそめよ。もっとも、それから二年とたたないうちに、わたしがあの人をお払《はら》い箱にしちゃったけど。さあ、サム、こっちへ来てちょうだい。ローズおばさんを抱《だ》きしめて!」

「うん」そうは言ったものの、ちょっときまりが悪かった。なぜって、おばさんはぼくを正面からきつく抱《だ》きしめ、ばかでかい胸にがっちりと顔を押《お》しつけられたぼくは窒息《ちっそく》しかけたからだ。もしも家の近所でこんなことをされたら、まちがいなく宿敵のデイヴィッド・フューグが通りかかり、そのあといつまでもねちねちとからかわれていただろう。

「お母さんやお父さんから、行くなって言われなかった?」駐車場《ちゅうしゃじょう》にむかって歩きはじめると、すぐにそうきかれた。おばさんは、幼い子どもとするように手をつなごうとしてきたので、ぼくはそっち側の手をポケットに突《つ》っこんだ。

「ここへ来るとは言ってないんだ。だまって荷物をカバンに詰《つ》めて、地下鉄でパディントンまで行って列車に乗ったから」

「そうなの?」おばさんは立ちどまり、顔をしかめてぼくを見た。「でも、心配してるんじゃないかしら。わたしの家に着いたら電話して、こっちに来てるって知らせたほうがいいわ。電報を打ってもいいけど。電報って今でもあるのかしら? どうだったかしらね。戦時中はみんな使ってたわ。もちろん、わたしはまだ生まれてませんよ。そこまで年寄りじゃありませんからね。でも、ほら、映画で見たことがあるから」

「だいじょうぶだよ。ベッドの上に、行き先を書いたメモを残してきたから。用があるなら、ぼくの居場所はわかる」ぼくはちらりとおばさんのうしろに目をやり、ジェイソンも迎《むか》えに来てくれて、車の中で待っているんだろうかと思ったが、その気配はなかった。それどころか、ローズおばさんの年代物の車、モーリス・マイナーもどこにもなくて、駅の出口近くの柵《さく》に馬がつないであったのでびっくりした。馬はぼくらが近づくのに気づくと、こっちをむき、おじぎをするように頭を動かしてみせた。

「だれがこんなところに馬をつないだのかなあ」ぼくは驚《おどろ》いて首をふりながらきいてみた。

「ああ、その馬はバーティー・ウースター（人気小説『それゆけ、ジーヴス』に登場する紳士《しんし》の名前）よ！」ローズおばさんは答えた。「話してなかったかしら？　車は売ってしまったの。維持費《いじひ》がかかりすぎるし、大気中に吐《は》きだす排気《はいき》ガスで、結局は人の命を奪《うば》うことになるしね。だから代わりに馬を買ったの。ガソリンも軽油もいらないし、税金や保険もかからないわ」

ぼくは足を止め、じっと馬を見てからおばさんを見て、また目をもどすと、馬は疑わしそうな顔でこっちを見ていた。

「ここまで馬に乗ってきたの？」ぼくはびっくりしてたずねた。

「そうよ。そんなにおかしなことかしら？　昔はみんな、馬であちこち出かけていたんですもの。ジェイン・エアが初めてロチェスターさん（シャーロット・ブロンテ作『ジェイン・エア』の主人公たち）に会った時、彼《かれ》は馬に乗ってたでしょう？『高慢《こうまん》と偏見《へんけん》』（ジェイン・オースティンの小説）でも、みんな馬に乗ってるし」

「おばさんも今からこの馬に乗って帰るの？」

「いいえ、馬はここにおいていくわ。そうすればそのうち、この馬も家庭をもって、新しい暮らしを始めてくれるでしょうよ。マークス＆スペンサー（イギリスの小売店チェーン）で働いたりして……。冗談《じょうだん》よ、もちろん家まで乗って帰るわ、サム！　おまえも乗るのよ。力持ちだから、二人乗ってもだいじょうぶよね、バーティー・ウースター？」

見ると馬は、大げさなくしゃみをして肩《かた》をすくめてみせた。このところ、ただでさえ変わったことを見聞きしていたので、馬に乗ってローズおばさんの家へ行くことくらい、わが家で起きたことのいくつかとくらべれば、それほど奇妙《きみょう》だとは思わなかった。だから、おばさんがぼくをかかえあげ、くたびれた通学カバンみたいに、バーティー・ウースターの背中に放りあげて乗せた時、ぼくは一生懸命《けんめい》なんでもないふりをしていた。

「さあ、行きましょう」おばさんはそう言って、駅前の道へ馬を進めた。おばさんの腰《こし》につかまっているのはどうにも落ちつかない気分だったけど、そうしないと落ちてしまいそうで、とくに道路に出ると、車がしきりにクラクションを鳴らしてきて、なのにバーティー・ウースターは速く歩こうなんてこれっぽっちも思ってないみたいだった。「おなかがすいてるでしょ。わかってるわよ、おまえくらいの年ごろの男の子はいつもおなかをすかせているんだもの」

「うん、ぺこぺこ」おばさんの言うとおりだった。

バーティー・ウースターの背でゆられながら、ローズおばさんはぼくに、よく大人が学校のことをきく時にする質問を片っ端《ぱし》からしていった。学校は好き？　好きな教科は？　だれと仲がいいの？　ところが、ぼくがお母さんとお父さんのことを口にすると、いらついた大きな声でうなったので、おばさんがほんとうに二人に腹をたてているのがよくわかった。

「あの人たちはまだ目をさましてないの？」おばさんは言った。「それとも、まだ甘《あま》やかされた子どもみたいなことをしてるの、と言ったほうがいいかしら」

「どういう意味？」

「だって、あの二人はクリスマスからこっち、自分たちの長男と連絡《れんらく》をとってないのよ。かわいそうに、あの子を家から放りだしておいて……。そんなことをする親ってある？」

「放りだしたわけじゃないよ」ぼくはそう言ったものの、お母さんたちがジェイソンにむかって、家にいるよう言葉をつくして説得したかと言われると、そういう記憶《きおく》はあまりなかった。「兄さんは自分から出ていったんだ」

「そうかしら」おばさんは小さく笑った。「毎日みじめな思いをさせられていたんですもの、この件に関しては、彼女《かのじょ》はほかにどうしようもなかったんじゃない？」

「だれが？」ぼくはききかえした。「お母さん？」

「いいえ」

バーティー・ウースターがまたくしゃみをして、ぼくはもう少しで落ちそうになった。「おばさんと一緒《いっしょ》に駅まで来てくれてると思ったのにな」

「だれが？」

「ジェイソン兄さんが」

「あら、ジェイソンなら、年明けすぐから見かけてないけど」

「ええっ？」ぼくは思わず背筋を伸《の》ばしたので、膝《ひざ》が馬の横腹に食いこんでしまい、おかげでバーティー・ウースターは急に立ち止まって頭をうしろに回し、すごい目つきでぼくをにらんだ。「ジェイソンは出ていっちゃったってこと？　じゃ、どこにいるの？　だれにも連絡《れんらく》がないよ――」

「落ちつきなさい、サム。だいじょうぶだから。すぐに会えるわよ、約束するわ。さあ、ここよ」

バーティー・ウースターは、おばさんの家の門を入っていくと、もとはバーニーおじさんが、戦時中のナチスに関する、じゃまになるほど膨大《ぼうだい》な収集品をとっておくために建てた小屋にむかって歩いていった。馬が止まると、ローズおばさんはひらりと飛びおりて手をさしのべ、おりるのを手伝ってくれた。ぼくはすごくがっかりしていた。ジェイソンがもうおばさんの家にいないのなら、ここでなにをすればいいんだろう？　おばさんと二人きりで、夜おそくまでモノポリーでもしてすごすことになるんだろうか？　それに、兄さんはいったいどこにいるんだろう？　家に帰ってなかったのは確かなんだから。まさか路上で暮らしてなんかいないだろうな。そう思うとぼくは怖《こわ》くなった。

「ほら、おいで、サム」ローズおばさんは玄関《げんかん》のドアに鍵《かぎ》をさしこみながら言った。「入りましょう」

おばさんの家は、うちとは大ちがいだ。お母さんとお父さんは、真っ白な壁《かべ》に、テート・ブリテン（ロンドンにある国立美術館のひとつ）からネットで買った有名な絵のコピーをかけておくのが好きだった。それに、毎週金曜日の午前中に掃除《そうじ》をしにきてくれる人がいて、その人は、お母さんたちがどんなに整理整頓《せいとん》が好きかわかっていた。それとくらべれば、ローズおばさんの家はぐちゃぐちゃだった。あちこちに本や新聞がちらばっているし、どのテーブルにも使いさしのアロマキャンドルがおいてあって、壁《かべ》には、そんなにうまくないけれど本物の絵が飾《かざ》ってある。ひとつだけ、この家でぼくがほんとうに気にいっているのは、おばさんが飼っている年寄りのメスのボクサー犬、サンディがいることだった。サンディはゆっくりと近づいてきてこっちを見ると、においをおぼえていてくれたらしく、精一杯《せいいっぱい》飛びあがってぼくの顔をなめようとしたが、うしろ脚《あし》が弱っていて、うまくいかなかった。

「二階の右側、一番手前の部屋を使ってちょうだい」ローズおばさんがいった。「荷物をおいてきたら？」

ぼくはうなずくと、階段をのぼり、お母さんが子どもの時に使っていた部屋に入っていった。中はそのころとあまり変わっていなくて、ヘンリー八世（十六世紀のイングランド王）の時代に貼《は》ったんじゃないかというような古い壁紙《かべがみ》の上に、お母さんとローズおばさんが子どものころ、休暇《きゅうか》のたびに、おじいちゃん、おばあちゃんと撮《と》った写真がかけてある。ぼくはベッドに腰《こし》をおろし、ちらりと時計に目をやった。午後七時。九時ころには疲《つか》れたふりをしてベッドに入り、明日の朝の始発列車で帰ればいい、そう思った。おばさんと二人だけなのに、何泊《なんぱく》もするなんて考えられない。とりあえずお母さんたちには、ジェイソンが行方《ゆくえ》不明だからさがさなきゃいけないという話をする必要があるだろう。お母さんにはいろいろコネがあるから、警察のえらい人で、ジェイソンをさがすのを助けてくれる人をだれか知っているはずだ。

下におりていくと、キッチンはもう料理のいいにおいでいっぱいで、サンディはローズおばさんの足もとにすわりこみ、カウンターの上からなにか落ちてこないかと、じっと待っていた。

「ベジタリアン用のスパゲティ・ボロネーゼを作ってるところ」おばさんは言った。「食べられるわよね?」

「うん。でも、ぼくのには肉を入れてくれる?」

「だめよ。肉は体に悪いわ」

「わかった」

「ジェシカはもうすぐもどってくるはずよ。バジルを買いにいってもらったの」

ぼくは眉《まゆ》をひそめた。ジェシカだって? ということは、ぼくは長い夜をおばさんだけじゃなくて、だれだか知らないけど、おばさんの女友だちとも、気を使ってしゃべらなきゃいけないんだろうか。気が重くなってきたけれど、なんとかなるさ、と自分に言いきかせた。明日の今ごろは家に帰ってるんだから。

「で、サム」おばさんは野菜に火を通しながら言った。あまりいいにおいはしなかったので、ああ、ペラミ（サラミでできたスナック菓子《がし》）をもってくればよかった、と思った。おばさんがよそ見をしているあいだに、自分のお皿に放りこめたのに。「おまえにとっては、ここ何か月か、いろいろ大変だったんじゃない？」

ぼくは肩《かた》をすくめて言った。「楽じゃなかったよ」

「今まで、トランスジェンダーの人を知らなかったのよね？」

「うん。おばさんは？」

「いくらでも知ってるわ。でも昔はみんな、ほんとうの自分を表に出すことがゆるされなかったの。自分やまわりの人たちにうそをついて生きていかなきゃならなかったわ。あまり愉快《ゆかい》なことじゃなさそうでしょ？」

ぼくはだまっていた。

「この件で、だれかと話しあった？」少しして、おばさんがそう言った。

「だれかって？」

「そうね、お母さんやお父さんとか」

「ううん。お母さんたちはこの話をしたがらないんだ」

「じゃあ、お友だちとは？」

ぼくは肩《かた》をすくめた。「友だちはあんまりいないから。もしいても、話せないだろうな。ぺらぺら話せるようなことじゃないし。で、兄さんは元気だった？　ここにいるあいだは？」

「兄さん？」おばさんは眉《まゆ》をひそめて言った。「兄さんってだれのこと？」

「ジェイソン兄さんだよ」

「ああ、うん、ここに来た時は元気だったわよ。もちろん、悩《なや》んではいたわ。迷ってたし。だから、あれこれ言わないで、ただじっと話を聞いてくれる人が必要だった。姉さんがそうしてやれればよかったんだけどねえ……」おばさんは頭をふっていたが、ぼくの前ではあまり悪口は言わないようにがまんしているようだった。「あなたのお母さんですものね」おばさんはようやく口をひらくと、そう言った。

「口をつつしまなきゃ。でも、やっぱりひどい仕打ちだわ」

「兄さんは自分が女だと思ってるんだ」気がつくと、ぼくはそう言っていた。

「そうじゃないわ」ローズおばさんは答えた。

「ちがうの？」ぼくは、ぱっと顔を上げた。ジェイソンは思いなおしたんだろうか？　そうであってほしいと心の底から思った。

「あの子は自分が女だと思ってるわけじゃない」ローズおばさんは言った。「女だとわかってるのよ」

「女じゃない。男だ」

「おまえがいくら男だと言いはっても、それであの子が男になるわけじゃないでしょ。おまえは植木鉢《うえきばち》だ、ってわたしが言いはったら、おまえは植木鉢《うえきばち》になる？」

「それとこれとは別だよ」ぼくは首を横にふった。「全然ちがう話だ」

「でも、だれも、自分がそうじゃないものにされていいと思う人はいないんじゃない？　もしわたしが、サムは女だって言ったら、どう思うの？　おまえはわたしの姪《めい》だって言ったら」

「でも、ぼくは女じゃないから！　男なんだから、甥《おい》だよ」

「わかってるわ。おまえも自分が男だってわかってる。でもジェイソンは、そうは感じてなかったの」

「この話はやめようよ。兄さんはここにいると思ってたんだ。だからぼくはここへ来たのに」

「あら、それはご挨拶《あいさつ》ね！」

「そういう意味じゃなくて――」

「いいのよ、サム。冗談《じょうだん》で言ったんだから。わかってるわ、ジェイソンに会いたいんでしょ」

「決まってるじゃないか」目の奥《おく》に涙《なみだ》がたまってくるのがわかった。

「あの子はずっと、いいお兄さんだったのね」

「最高なんだ。あんな兄さんはいないよ。だから、もどってきてほしい。きっとおばさんはジェイソンに、女になってもいいんだよ、って言ったんだろ」

「なにも言ってないわよ」ローズおばさんはそう言って立ちあがると、コンロの前へ行って野菜をかきまぜ、別の鍋《なべ》の沸騰《ふっとう》したお湯の中にスパゲティを投げこんだ。「わたしはただ、あの子にしゃべらせてあげて、最後まで話を聞いてやっただけ。おまえの家では、だれもそうしてやらなかったみたいだから。さぞかしつらかったでしょうよ。あの子の気持ちがわからなかったの？　話を聞こうとしてくれる人を求めてたのに」

「聞こうとしたよ」ぼくは言った。「お母さんも、お父さんも。でも、ジェイソンは、もうずいぶん前からこのことを自分一人で考えてたみたいで、それをぼくらに話したら、すぐにわかってもらえると思ってたんだ」

　ローズおばさんはため息をついたきりだまっていたが、急に体をこわばらせたかと思うと、こちらにむきなおり、ほんとうにがっかりしたという顔をして、じっとぼくを見た。

「もちろん、おまえだったのよね？」

「なんのこと？」

「あの子は、やったのはお母さんかお父さんで、おまえだとは思ってなかったわ。これっぽっちも疑ってなかった」

「だから、なんのこと？」ぼくは大声で言った。

「あの子のポニーテールを切りとったでしょう？　寝《ね》ているすきに忍《しの》びこんだんじゃないの？　切りとって、捨てたんだわ。ああ、サム！　よくもそんなことができたわね」

ぼくは顔をそむけた。ぼくじゃない、と言う気にもなれなかった。「ジェイソンのためを思ってやったんだ。あんなおかしな格好してさ、みんなに笑われてたんだよ」

「笑われたのはあの子なの、それとも、サム、おまえなの？」

「兄さんだよ！」ぼくは言いはった。

「でも、あの子の髪《かみ》でしょ。それを切りとる権利がおまえにある？」

「ぼくの兄さんだからさ」

「お兄さんじゃないわ」

「兄さんだよ！　ジェイソンは、ますます女に見えるようにいろんなことをしてた。だからぼくは髪《かみ》の毛を切ったんだ。そうすれば、兄さんは朝目がさめて、短い髪《かみ》のほうが似合うってことに気づくんじゃないかと思った。たいしたことじゃないだろ」ぼくは最後に、むすっとした顔でつけくわえた。

「ああ、サム」ローズおばさんは首を横にふりながら言った。「たいしたことよ。一大事だわ。少しでも相手の立場に立って考えてごらんなさい。まわりから女性と思ってもらいたい時、髪《かみ》を伸《の》ばすのは一番わかりやすい方法でしょ。あなたはそれをじゃましたんだわ。あの子がどんなに傷ついたかわかる？　その夜、お姉さんからどんなに大きなものを奪《うば》ってしまったのか？」

「お姉さんって言うのやめてよ。いやなんだ」

「たしかに、おまえの気持ちは大事よ。大事じゃないとは言わない。でも、今この状況《じょうきょう》で一番大事なわけじゃない。おまえは悩《なや》んでるし、迷ってる。当然だわ、まだ十三歳《さい》なんだし。でも、あなたのお姉さんはもっとずっと大変で、ずっとむずかしい問題にむきあってるのよ。おまえがお姉さんを愛しているのなら、あの子の味方でいてあげて」

「ぼくはこの先もずっと味方だよ、ジェイソン兄さんのね」ぼくがそう答えると、ローズおばさんはなにも言わず、大げさなため息をついただけで、背をむけて料理にもどってしまった。

廊下《ろうか》で電話が鳴り、おばさんは両手にもった料理用スプーンをかざしてみせた。「代わりに出てくれない、サム？　相手がだれでも、あとでかけなおすと言って」

ぼくは、その場をはなれられることにほっとしながら廊下《ろうか》に出て受話器をとると、すぐにお母さんの声だとわかった。

「ローズ？　デボラよ」

「もしもし、お母さん」

「サムなの？」一瞬《いっしゅん》、間があったが、お母さんはすぐにそう言った。

「うん」

「じゃあ、わたしは息子《むすこ》を二人ともローズにとられちゃったわけ？」

「泊《と》まりにおいでって言われたんだ」

「ローズからはなにも聞いてないわ」お母さんは答えた。「おまえからもね」

「言ったじゃないか」ぼくはうそをついた。「おとといの夜に言ったよ。そしたら、行ってもいいって言ったじゃないか。ベッドの上に書きおきも残してきたし」

「そんな話、聞いたかしら？」お母さんが考えているのがわかった。実際、あらかじめ断ってから来ることもできたわけだが、もしほんとうに話していたとしても、お母さんのことだから、たぶん右の耳から左の耳にぬけていただろう。「ああ、そう言えばそうだったわね。今、思いだしたわ。ごめんね、すっかり忘れてたみたい。いろんなことが次々《つぎつぎ》に起こるものだから」

「ローズおばさんと話す？」

「やめとくわ。おまえからローズに、なにか連絡《れんらく》が行ってないかと思って電話しただけだから。無事だとわかったら、わずらわせるまでもないわ。で、そっちはどうなってるの？　おまえはなにしてるの？」

「とくになにも。おばさんは今、ベジタリアン用のスパゲティ・ボロネーゼを作ってるところ」

「肉が入ってなきゃ、ボロネーゼじゃないじゃない」

「そうなんだ。それから、ジェシカさんていう友だちがいて、もうすぐバジルを買ってきてくれることになってる」

「帰りたくないの、サム？　帰りたいなら車を出してあげるわよ。お母さんは、おまえがあやしげなものにさらされるのはいやなの。ブラッドリーがちょうど表にいるから――」

「いいよ、もう来ちゃったんだし、今日は泊《と》まってくよ」

「ほんとうにいいのね？」

「サンディもいるしね、バーティー・ウースターも」

「え？」

「バーティー・ウースターって馬がいるんだ」

「まったく、なんて名前なの。で、今そっちには……」お母さんの声は少しうわずっていて、涙《なみだ》をこらえようとしているみたいだった。「そっちには、だれかほかにいるの？」

「ジェイソンのこと？」

「ええ」

「今ここにはいないけど、ローズおばさんは、まだこっちに泊《と》まってるって言ってた。ちょっと出かけただけみたい。あとで会えるっておばさんからは言われてる」

「わかったわ。じゃあ、ジェイソンに伝えてくれる。あの……、えーと……」

「なんて言えばいい？」

「早く帰ってきて、って」

「それなら、お母さんがこっちに来て言えばいいじゃないか」

しばらく返事がなくて、お母さんが受話器のむこうで考えているのがわかった。お母さんは結局、

「おまえは明日、何時ごろ帰ってくるつもり？」とだけ言った。

「始発に乗るよ」ぼくは答えた。「一番の列車に」

「わかったわ。必ずそうしてね。それと、二度とこんなことはしないでちょうだい。わかった、サム？

心配したのよ」

「ごめんなさい」

「もういいわ。じゃあ、おやすみ」

「おや――」言いかけた時にはもう、電話は切れていた。

キッチンにもどると、ローズおばさんがふりむき、「だれからだった？」と言った。

「お母さん」

「あら、まあ。またなにか面倒《めんどう》なこと言ってたでしょ？」

「ううん、ぼくにはいろいろ言ったけど」

「そう、わたしじゃなくてよかった」ローズおばさんは明るい声で言った。「じゃあ、食器をならべてくれる？」

引きだしの前へ行って二人分の食器を出すと、おばさんはこっちを見て、首を横にふった。「三人分用意してちょうだい、サム。ジェシカのことを忘れてるわ」

ぼくが引きだしの前にもどり、もう一人分の食器をならべおえた時、ちょうど玄関《げんかん》の鍵《かぎ》があき、だれかがホールでコートをぬいでいる音が聞こえてきた。

「ぴったりね」ローズおばさんはそう言うと、スパゲティを水切り用のボウルに移したので、おばさんの顔が湯気に包まれた。

次の瞬間《しゅんかん》、キッチンのドアがあき、ぼくよりいくつか年上らしい女の子が入ってきた。ブルージーンズに白いブラウスを着ていて、染めたばかりらしい金髪《きんぱつ》をうしろで小さなポニーテールに結んでいる。薄《うす》くお化粧《けしょう》をしていて、唇《くちびる》には淡《あわ》い赤のグロスが塗《ぬ》ってあった。女の子はぼくを見て立ち止まり、驚《おどろ》いたぼくは、まじまじとその子の顔を見てしまった。

「ああ、うまくいかないものね」ローズおばさんはむきなおり、肩《かた》をすくめた。「わたしが紹介《しょうかい》して、二人とも驚《おどろ》かせてやろうと思ってたのに。でも、まあ、こんなお芝居《しばい》がよく今までもったものだわ。そろそろ終わりにしないと」

「サム」ジェイソン兄さんはそう言って、バジルの入った袋《ふくろ》をテーブルの上におくと、とまどって気まずそうな、なのに、どこかひらきなおったような表情を浮《う》かべた。

「ジェイソン」ぼくは、どこを見たらいいかわからなかった。

「まず最初にやめてもらわなきゃならないのは、この子をジェイソンと呼ぶことね」ローズおばさんが言った。「いーい、ジェイソンはロンドンに残してきたの。今ここにいるのはジェシカで、本人がこの名前で認めてもらいたいと思ってる。だから、サム、この屋根の下にいるあいだは、その気持ちを尊重してジェシカと呼んであげて。でないと、おまえをこの家においておけないわ。外の小屋で、バーティー・ウースターと一緒《いっしょ》に寝《ね》てもらいますよ」

晩ごはんのあと、ジェイソンはぼくに、話がしたいから、ちょっと外を歩かないか、と声をかけてきた。ローズおばさんの家のまわりには畑や野原がたくさんあって、何キロか先には川があり、ぼくらはその川にかかる橋のほうにむかって歩いていった。ジェイソンは、毎日そこへ行くんだ、いろいろ考えるのにちょうどいいから、と言った。

「ごめんよ、あんまり連絡《れんらく》しなくて」ジェイソンの言葉に、ぼくは肩《かた》をすくめ、たいしたことじゃないというふりをしてみせたけれど、ほんとうは大問題だと、二人ともわかっていた。「ずっと、いろんなことを頭の中で整理しようとしてたんだ」

「ぼくも忙《いそが》しかったから。学校とか、宿題とかで。でも、本はあんまり読んでない。手伝ってくれる人がいなくなっちゃったからね」

ジェイソンは口をつぐんだまま、ちらりとこっちを見たけれど、ぼくはそれを無視した。兄さんを傷つけたかったから、というのが本音だ。

「ああ、そのことは悪かったと思ってる。でも、お母さんかお父さんにたのめなかったのか？」

「すごく忙《いそが》しそうにしてるから。お母さんはまだ、険しい道を登っていこうとしてる。お父さんはいつもの調子だし」

「そこに書いてあることを読むだけじゃないか！」

ぼくは笑った。ジェイソンのものまねは、お父さんそっくりだった。「そうそう」ぼくはそう言ってすぐに、みんなジェイソンのせいだと思わせようとしたことが申しわけなくなって、こう言いたした。

い?」

「でも、列車で読もうと思って『黄金の羅針盤《らしんばん》』をもってきたから、あとで読むのを手伝ってくれな

「もちろん。おばさんちにもどったら少し読もう」

「わかった」

石を蹴《け》りながら、しばらくだまって歩いていたら、空気が半分ぬけたサッカーボールが落ちていて、ジェイソンはそれをこっちにむかって蹴《け》った。ボールはきれいな弧《こ》を描《えが》いてぼくの頭の上を越《こ》しかけたけれど、ジャンプしてみたら、なぜかタイミングがぴったり合って、まるで本物のゴールキーパーのように、ボールはぼくの手におさまった。

「ナイスキャッチ!」ジェイソンが感心したように言ったので、ぼくは鼻高々《はなたかだか》だった。

「いつまでこっちにいるつもり?」ぼくがきいたのは、また歩きはじめてからのことだった。

「わからない」ジェイソンは答えた。「今はとにかく勉強してる。六月にAレベルの試験(イギリスの大学入学資格をとるための試験)があって、こっちにいるほうが勉強がはかどるから。それに、ほかにもいろいろあるんだ」

「で、まだ続いてるの?」ぼくはジェイソンの服や顔を見ながら言った。

ジェイソンはうなずいた。「ああ。ワトソン先生から関連本をたくさん借りて読んでるんだけど、す

ごく役にたってる。あと、毎週火曜の夜にサポートグループの集会に行ってるんだ」

「兄さんみたいな男の子が来るの？」

「女の子になった男の子たちがね。逆の人もいるし、どうしようか考えてる人も来る。あそこにいるとすごく安心する」

「それはいいことなんだろうね」

「友だちも何人かできた」

「その人たちはみんな、兄さんがしてることは正しい、って言ってくれるんだろ？」

「そうだよ、サム」ジェイソンは落ちつきはらって答えた。「そのとおりのことを言ってくれる」

「で、集会でなにを話すの？」

「話したいと思ったことをなんでも。どんなに大変なことになるか、とか、今まで経験したいやなこと、ちょっとしたことだけど、うまく行ったと思った時のこと。オブライエン監督《かんとく》のように、ありのままを受けいれてくれる人たちのことや、受けいれてくれない人たちのこと。もちろん、家族のことも話す」

ぼくはジェイソンの顔を見た。「ぼくのことも話した？」

「少し」

「弟はまともだ、って言ってくれた？」

ジェイソンはくるりと目を回した。「自分とはちがうってことは話したよ。おまえが心配してるのはそこなんだろう。でも、サム、はっきり言うけど」今度は、ジェイソンの声は、いらついたように少し大きくなった。「そんなひどい言い方ってないぞ」

「そんなつもりじゃない！」

「いや、ひどいよ。そういうつもりがあってもなくても」

二人ともしばらくだまったままだった。ジェイソンが気を悪くしてるのはわかったけど、ぼくは自分が悪いとは思っていなかった。でも、口げんかはしたくないから、先にあやまることにした。

「ごめん」

「いいんだ」

「ほら、ぼくは言葉がうまくあつかえないから」

「それは本を読んでる時だけだろ、サム。しゃべる時に言葉の使い方がわからないふりするな。おまえは自分がなにを言ってるかよくわかってる。難読症《しょう》の人は別に頭が悪いわけじゃない。文字がうまく読めないだけだ」

ぼくはまた小石をいくつか蹴《け》った。言いかえせそうなことはあまりない。

「ユーチューブもいいよ」しばらくして、ジェイソンがそう言った。

「え？」

「ユーチューブ。いろんな人たちの話が聞ける。人づきあいが苦手な人もいるだろ、そういう人たちは、自分の体験談を話してるところを録画して、ネットに上げてるんだ。トランスジェンダーの家族の話も聞ける。さがしてみろよ。少しわかるかもしれない」

「ペアレンタル・コントロールがかかってるもの」

「まだはずし方知らないのか？」

「うん。兄さんは知ってるの？」

「もちろん。ずいぶん前からね。あとで教えてやる。お母さんたちのパスワードは全部知ってるから」

ぼくは笑った。「すごいね」

「で、次にやろうと思ってるのは、ホルモン治療《ちりょう》だ」

お腹《なか》の中でなにかが小さくねじれた気がして、心配になったぼくはジェイソンの顔を見た。「それってどういうこと？　錠剤《じょうざい》みたいなもの？」

「ああ、錠剤《じょうざい》もある。注射もな。でも、半年たたないと、なにもできない。ワトソン先生が紹介《しょうかい》してくれた移行期医療《いりょう》の先生がいて、その先生から感情面での準備ができたという承認をもらわなきゃならないんだ」

「錠剤《じょうざい》をのむと、どうなるの？」

「あちこちが変わる。体がね。たぶん、筋肉が少し落ちる。体が薬になれていく時に、周期的な気分変動が起きると言われた。楽じゃなさそうだよ。そのあとで……えーと、ほら……大きくする……」

「なにを？」

「なにを、って、わかるだろう、サム」

「なにを？」ぼくはくりかえした。

「胸だよ。胸を大きくしていくんだ」

「ああ」少しめまいがしたように感じたのは、思いもよらない答えだったからだ。「ちょっとすわろうよ」

「いいとも」兄さんは言った。二人で地面に腰《こし》をおろしてみて初めて気づいたのだけれど、ぼくの脚《あし》には最近毛が生えはじめていたのに、ジェイソンの脚《あし》はすべすべだった。「そってるんだ」兄さんはぼくの視線に気づいて言った。

「すごく変な感じがしない？」

「ああ、最初はね。でも、今は……今はしっくりきてる」

道の先に顔をむけると、遠くで川の流れる音がしていた。知りたいことがひとつあるのに、口に出すのは少し恥《は》ずかしかった。

「それと、錠剤《じょうざい》のことだけど……」ぼくは言った。「それを飲んだら、おちんちんがとれるの?」

「なに言ってるんだ、サム」ジェイソンは今度は怒《おこ》った。「なぜそのことしか考えない? 本来の性になることと、パンツの中がどうなってるかは、なんの関係もないってことがわからないのか? もうおまえにはうんざりだ。そのことばかり気にするんだから。こだわりすぎだよ」

「ごめん」ぼくはジェイソンの剣幕《けんまく》にあわてていた。

「でも、こだわってるよな? それぱっかり気にするから、心の中や、体のほかの部分がどうなってるのか考えないんだ。少しは、ほかのことも考えてみろよ」

「わかった」ぼくは降参だというように両手を上げてみせた。「ごめん、って言ったじゃないか」

「ああ、そうだな」ジェイソンはもごもご答え、二人とも立ちあがって、しばらくなにも言わずにまた歩きつづけた。

「たぶん、今一番心配なのは」ようやくジェイソンが話しだした時は、おだやかな話し方にもどっていた。「毎日を女性として暮らしていくのはどういう気持ちがするんだろう、ってことだ。顔はかなり男っぽいから、通りを歩けば必ずじろじろ見られるだろうし、悪口もしょっちゅう言われるだろう。それがこの先ずっと続く」

胸の奥《おく》で怒《いか》りが爆発《ばくはつ》したように感じた。みんな、ジェイソンがどんなに優秀《ゆうしゅう》でやさしいか知らないくせに、よってたかってからかおうとするなんて。そう思うと、まるで自分のほうがジェイソンのお兄さんになったみたいに、いつまでもそばにいてやりたいと思った。「どうやって切りぬけていくの？」

ぼくはたずねた。

「わからない。まわりが変わるのを願うしかないのかもな。世間の人たちはそんなに残酷《ざんこく》じゃない、もっと親切なはずだ、ってね。ああ、それと、将来、自分を好きになってくれる人がいるんだろうか、とも思う」

「いるに決まってるさ。ジェイソンは最高だから。それはずっと変わってない。そこがわからないのは、よっぽどのばかだ」

「すごく理解のある女性じゃないとだめだろうな。すごくむずかしいのはわかってる」

「そんなに大変なのに、やめる気はないの？」

「ほかに道はないんだ。こうしないと、一生が丸ごとうそになってしまう。そんなふうには生きていけない。なにがあっても、自分は自分でいるしかないんだ」

「じゃあ、この……ジェシカって名前も？」ぼくはたずねた。ローズおばさんは夕食のあいだ中、兄さんのことをジェシカと呼んでいたからだ。「この先もずっとそうするの？」

「ああ。おまえもこの名前で呼んでくれていいんだぞ」

ぼくは考えたが、首を横にふった。「それはまだ無理だよ。ごめん。追いつこうとしてるんだよ。がんばってるんだ。でも、やっぱり兄さんはぼくの兄さんのジェイソンで、ほかには考えられない。これからもずっとジェイソン兄さんだ」

ジェイソンはため息をつくと顔をそむけ、首をふった。「でも、ちがうんだ。まだわかってくれないのか、サム？　ちがうんだよ、もう」

8

裏切り

お母さんとお父さんが、なぜあんなに一生懸命《けんめい》働いてきたのかようやくわかったのは、首相が辞任した時だった。辞任表明演説が終わらないうちに、記者たちが家の前にやってきて、お母さんが声明を発表するのを待っていた。お母さんは、その人たちを寒い中で一時間待たせておいてから、お父さんと二人で外へ出ていったのだけれど、その前にぼくにむかってきっぱりと、絶対についてきたり、窓から外を見たりしてはいけないと言った。だからぼくはテレビをつけて画面に映るお母さんを見ていたのだが、それはちょっと奇妙《きみょう》な感じだった。というのも、ぼくはただ肘《ひじ》かけ椅子《いす》にもたれてすわっているだけで、お母さんたち二人が玄関《げんかん》前の階段の上に立ち、カメラマンが何枚も写真を撮《と》り、記者たちがどうなるように質問するのを見ることができたからだ。

「今日は、わが国にとって、大変悲しい日となりました」お母さんが深刻そうな、でも覚悟《かくご》を決めた表情で言うと、その声はテレビから、そしてぼくのうしろにある窓の外からも、ステレオのように聞こえてきた。「わたしの親しい友人でもある首相は、今まで七年以上にわたり、この国に多大なる貢献《こうけん》を果たしてきましたが、彼《かれ》が現職を去り、新たな課題にとりくむ決意を表明するのを目《ま》のあたりにして、心沈《しず》む思いです。首相の座をおりたあと、彼《かれ》とそのご家族が、前途《ぜんと》に待ちうける冒険《ぼうけん》を楽しまれることを心より願っています。ここ数時間、同僚《どうりょう》議員や友人たちから数多くの電話やメールがよせられ、次期首相に名乗りを上げることを検討するよう求められました。そのような立場は、これまで決して求めても、欲してもいなかったものですが、われわれが今、この島国の歴史上、きわめて重要な局面におかれており、わたしがこの国につくすためにできる最良の選択《せんたく》は、この求めに応じることであるのは明らかと思われます。ご支援《しえん》をいただけるかどうかは、党員のみなさんの決定におまかせしたいと思います」

記者たちがいっせいに大声で質問しはじめると、お母さんはにっこり笑って玄関《げんかん》の中にもどりかけたが、その前にもう一度だけ、お父さんと二人で、十番地のわが家から通りにむかって手をふるところを写真に撮《と》らせた。お母さんが中に入ってドアをしっかりとしめ、玄関《げんかん》ホールに集まっていた十数人の党スタッフを見て、あれでよかったかどうか確認を求めた。スタッフたちはみな、口々《くちぐち》に、すばらしい声明でした、非の打ちどころがありません、と断言した。

「わたしのほかに、だれか名乗りを上げる人がいると思う？」お母さんは不安そうに、みんなの顔を一人ずつ見ていきながらたずねた。「無投票で党首の座をゆずられるのも悪くないけど、選挙で勝利するほうがいいと思わない？　みんなから信任されたことがはっきりするし」

「立候補するとしたらジョーだけだろう」お父さんが言った。「彼《かれ》の意向は、たぶん一時間もすればわかる。彼《かれ》が辞退すれば、きみが党首となり、つまり次期首相だ。たとえジョーが党首選に立候補したとしても、やはりきみが勝つだろう。党員の過半数は支持してくれるはずだ」

「ええ、わたしもそう思うわ」お母さんが応じた。「それでも、ジョーが出馬するのはそんなに悪いことじゃないのかもしれない。彼《かれ》がいさぎよく負けを認めてくれれば、どちらにとってもいい印象が残るんじゃないかしら。この考えをジョーに伝えておくというのはどう？　新内閣の要職を用意するから、って」

「いや、ちょっと様子を見よう。サム、テレビのリモコンにさわるんじゃないぞ。事態がどう展開するかわかるまで、だれもチャンネルを変えないでくれ。ロンドンのマスコミの半分が、今まさにジョーの家の玄関《げんかん》にむかってるはずだ。しばらくしたら、ジョー自身の口からなにか聞けるだろう」

ぼくがローズおばさんの家からもどって二週間がたち、その間ジェイソンには二、三日おきに電話して、そのたびに帰っておいでよと言ったのに、兄さんは決まって、まだ帰れない、と答えた。電話で話しているとは昔にもどった気がして、ぼくはジェイソンがどういう気持ちなのかたずねるようになり、そのうちに、外見はだんだん変わっていくのかもしれないけど、人としての中身は同じだとわかってきた。

でも、ちょうど同じころ、このことはほんとうにだれにも言ってなかったけど、ぼくのほうにも変化があった。彼女《かのじょ》ができたんだ。まあ、そう言っていいと思う。たまたまそういうことになっただけで、別に彼女《かのじょ》を作ろうとしてたわけじゃないけれど、とにかく、ぼくはすごくうれしかった。なぜって、十四歳《さい》になったばかりで、気がつくと突然《とつぜん》、朝目がさめた瞬間《しゅんかん》から夜寝《ね》る瞬間《しゅんかん》まで、一日中、女の子のことを考えるのをやめられなくなっていたからだ。好きな女の人はたくさんいて、でも、理由はさまざまだった。

ぼくが好きな十人の女性とその理由

① ペニー・ウィルソン。ペニーがジェイソンとつきあっていたころ、二人がある日、ベッドに寝《ね》そべっているところをのぞいてしまい、その時見た、白いブラウスの下からのぞいていたピンク色のブラジャーがいつまでも忘れられそうにないから。

② ドミニーク・フューグ。ぼくの宿敵、デイヴィッド・フューグのお姉さんで、キャラメル色を

したすごくきれいな肌《はだ》の持ち主。ぼくはこのお姉さんのことをしょっちゅう考えて、あいつが弟だからって、悪く思わないようにしている。

③　ケイト・ミドルトン。理由はわからないけど、とにかく、この人の写真を見るのは前からずっと好きだった。

④　サンドラ。近所のW・H・スミス（本や雑貨を扱《あつか》うチェーン店）でレジを打ってる人。名札にはサンドラとしか書いてないから苗字《みょうじ》は知らないけど、目がきれいで、いつもレジの陰《かげ》で本を読んでいる。

⑤　シェリル・トウィーディ（イギリスの人気歌手シェリル・コール。トウィーディは結婚《けっこん》前の姓《せい》）。言うまでもない。

⑥　ホワイトサイド先生。ぼくらの数学の先生で南アフリカ共和国出身。ずっと前から好きで、とくにしゃべり方が好き。計算問題をやってると、上から身をかがめてくる時があって、そうすると香水《こうすい》のにおいがして気を失いそうになる。

⑦　ジヴィカ・ゴーシュ。兄さんのジェイソンと同じ学年で、兄さんの友だち。ものすごく色っぽくて、ぼくを見るといつも、「ハーイ、サム！」と声をかけてくるので、ぼくは耳まで真っ赤になるけれど、名前をおぼえてもらってることがすごくうれしい。

⑧　シアーシャ・ローナン（アイルランドの女優）。ぼくは、「Saoirse」は「シアーシャ」と読むんだって知ってる。
⑨「ヴォーグ」の二〇一七年六月号、一二六ページにのってるモデル。この号は今までで一番好きな号で、クローゼットの奥《おく》にある鍵付《かぎつ》きの箱の中にしまってある大切なものの中でも、たぶん、ほとんどいつも一番上においてある。
⑩　できたばかりのぼくの彼女《かのじょ》

すべてが始まったのは、ローズおばさんの家からロンドンに帰ってきた翌日のことだった。近所の公園まで歩いていき、池のほとりにすわって『黄金の羅針盤《らしんばん》』をもう少し読もうとしていた。文字の下に指をおき、必要な時は音読していると、ぼくの名前を呼ぶ声が聞こえてきた。

「サム？　サムよね？」

ふりかえると、胃がひっくりかえった気がした。

「ローラ」声が十八オクターブほど高くなってしまったので、咳《せき》をして、もう一度言ってみると、今度はモーガン・フリーマン（ハリウッドのベテラン男優）みたいに、ものすごく低い声になってしまった。クリスマス以来会ってなかったが、ぼくはあれからしょっちゅうローラのことを思いだしていた。

「名前をおぼえててくれたのね！」

「あたりまえじゃないか。そっちだっておぼえていてくれたし」

「たしかに」ローラはそう言って笑った。「なにしてるの？」

ぼくは肩《かた》をすくめ、池にむかってうなずいてみせた。「とくになにも」ぼくは本をとじた。「あそこにいるカモたちが、ぼくよりよっぽど幸せそうに見えるのはなぜか、突《つ》きとめようとしてただけさ」

ローラはにっこり笑って、ぼくのとなりに腰《こし》をおろした。あんまり近くにすわったものだから、膝《ひざ》がくっつきそうだった。「わたしはここの庭を見にきたの。最近、見にきたことある？」

「中を通って歩いたことはあるけど」ぼくはそう言って、顔をしかめた。「でも、たぶん、ちゃんとは見てないな。きみが見るようにはね」

「一年のうちで、この時期は魔法《まほう》みたいなのよ」ローラは顔を輝《かがや》かせて言った。「つぼみが次々《つぎつぎ》にできていくから」

「花は前から好きなの？」

「うん。物心ついたころから。でも、花だけじゃないわ。植物ならなんでも。木も好き。お父さんが『すばらしい世界の木』っていう本をもってててね、世界中の大木の写真がいっぱいのってるの。わたしはしょっちゅうその本をながめてるわ。いつか、全部見てまわりたいと思ってる」

ぼくはちらりとまわりに目をやった。そこらじゅうに木があるのに、それまで、どの木もあまり意識したことがなかった。でも、こうして見てみると、まるで何百年も前からそこに立ってたみたいで、これまでここにある木々《きぎ》は、いったい何人の男の子が――ぼくくらいの年のという意味だけど――、今のぼくのように、自信なさそうにここにすわっているのを見てきたんだろうか、と思った。

「あの時はひどかったわよねえ」ぼくがしばらく口をきかずにいると、ローラが話しだした。「クリスマスのことよ。政治の話ばっかりで。うちのお父さんは、あなたのお母さんが首相になったら大臣にしてもらおうと、お世辞ばっかり言うし」

「首相になるとは思ってないよね？　ぼくはそうならないでほしいって、ずっと祈《いの》ってるんだ」

「ほんとに？　てっきり、そうなってほしいんだろうと思ってた」

「今だってもう、お母さんとはあまり顔を合わせてない。首相になんてなったら、どうなるかわかるだろ。次に会うのは、ぼくの結婚式《けっこんしき》かもしれないじゃないか」

「へーえ」ローラはクスクス笑った。「もう、だれか目をつけてる人はいるの？」

ぼくは笑って、少し顔を赤くした。「言葉のあやだよ」

「こんなこと言いたくないんだけど」ローラは続けた。「結果はもうわかってるんじゃない？　お母さんの計画を台無しにするようなことがなにか起きないかぎりは。どっちにしても、ダウニング街十番地

(首相官邸《かんてい》の住所)に住むのはちょっとおもしろいかも」

「ラザフォード通り十番地でなんの文句もないんだけどね」

二人で池の水を見ながらしばらくだまってすわっていると、おばあさんが通りかかり、袋《ふくろ》に手を入れてパンを何枚かとりだして、ちぎってカモにやりはじめた。カモたちはおばあさんにむかってわれがちに泳いでくると、首を水に突《つ》っこんではパンくずをひとつ残らず食べようとした。中にはよたよたと岸に上がってきて、おばあさんの足もとに立ち、土の上に落ちてくる分を待ってるやつもいる。

「お兄さんは元気?」ローラが言った。

「ぼくの兄さん?」

「うん。あの時は会えなかったでしょ、おぼえてる? クリスマスの日に、ホームレスのシェルターでボランティア活動してたんでしょ。あなたのお母さんはそう言ってたけど、わたしは信じなかったわ」

「ああ、あれね」そのつもりはなかったのに笑いだしてしまった。

「なにがそんなにおかしいの?」

「別に」

「教えてよ、なにかあるんでしょ」

ローラのほうにむきなおると、目が合った。ぼくはこの子になら話せると思った。信用できると思ったんだ。

「きみの思ったとおりさ。兄さんはボランティアになんか行ってなかった。お母さんがでっちあげたんだ」

「じゃあ、どこにいたの？」

ぼくは前かがみになり、両手で頭をかかえた。泣いてたわけじゃない。泣きそうになったわけでもなかった。ただ、少しのあいだ、まわりのことを頭の中からしめだす必要があっただけだ。でもローラは自分から声をかけようとはせず、それがありがたかった。それからぼくは体を起こし、話しはじめたが、ローラの顔は見ず、池の水を見つめていた。

「去年の夏、ジェイソンは、もう男でいるのはいやだ、って言いだしたんだ。というより、もう自分が男とは思えない、ずっとそう感じてた、って。自分は女だと思う、そう言ったんだよ。ばかげてるだろ、でも——」

「ちっともばかげてなんかないわ」ローラは小声で言うと、腕《うで》を伸《の》ばしてぼくの手をとったのだけれど、その感触《かんしょく》がなんともいえなかった。ローラの肌《はだ》はほんとうにやわらかくて、ぼくの指を包むようににぎってくる指が心地《ここち》いい。

「お母さんとお父さんは、ジェイソンが女になるのがいやで、コールドプレイのボーカルに似てるお医者さんに診《み》てもらったし、兄さんにはもうそんなことを言いだすのはやめなさいと言ったのに、本人にその気はなくて、だからクリスマスの直前に家を出ていって、それきり帰ってないんだ。今はローズおばさんの家にいる。おばさんは、バーティー・ウースターっていう名前の馬を飼ってて、兄さんのことはジェシカって呼んでる。なぜって、兄さん自身がジェシカという名前で暮らしたいと思ってるからで、女みたいな服を着て、香水《こうすい》をつけて、ポニーテールはぼくが一度切りおとしたのに、また髪《かみ》を伸《の》ばしてポニーテールにしようとしてる。お母さんとお父さんは、ジェイソンがいないみたいにふるまっていて、もうずいぶん長いあいだ、話題にさえしてない」

それから、ぼくはほんとうに泣きだした。でも、そんなに派手に泣いたわけではなく、少し涙《なみだ》をこぼしただけで、その涙《なみだ》をぬぐうには、ローラににぎられてないほうの手をちゃんと使った。二人ともずいぶん長いあいだだまっていたけれど、とうとうローラが話しだした。

「サムは今まで、なにかすごく大変だと思ってたのに、あとになって全部終わってみたら、どうしてあんなに大ごとだと思ったんだろう、って感じたことはない？」

ぼくはローラのほうを見て、眉《まゆ》をひそめた。「あるかも。いや、ないかも。わからないや。どうして？」

「八年前、わたしがまだ六歳《さい》だったころに、お父さんがしばらくお母さんとわたしをおいて家を出ていっちゃったことがあるの。ほかの女の人とつきあってて、子どもまで作ってしまったわ。義理の弟のダミアンなんだけどね。そのころ、わたしはまだ小さかったから、ほんとにつらかったわ。だって家族がばらばらになりかけていたんですもの。当時はどの新聞にも記事がのったわ。ちょうどお父さんが影《かげ》の内閣（野党第一党が、政権交代に備えて構成する組織）に選ばれたばかりだったから、大さわぎになって……。とにかく、わたしは世界史上最悪の出来事だと思ってたのに、結局、さわぎはすっかりおさまって、最後には、お父さんはまたお母さんと仲直りしちゃったの。今は、弟ともしょっちゅう会うようになってるわ。とにかくかわいくて、弟のいない人生なんて想像できないし、こんなに人を好きになったことはないくらい！　その時は、一大事に思えたけど、でもそのうち、ただの……」ローラはちょっと考えてから、こう言った。「よくわからないわ。とにかく、すぎていったのよ」

「そんなこと、全然知らなかった」

「知ってる理由がないものね。それに、もうずいぶん前の話だし。わたしが言いたいのはね、たとえ、その時は大ごとだと思うようなことでも、たいていはすぎていって、最後には、どうしてあんなにさわいだんだろう、って思うようになるってこと。たぶん、サムのお兄さんの件もそうなるんじゃないかな。もちろん、今は心にのしかかってきて、すごくつらいのはわかるわ。サムにとっても、お父さんやお母さんにとっても、そして、とくにお兄さんにとってはね。でも、そのうちすべて解決して、お兄さんが言ったことをみんなが受けいれて、お兄さんは幸せを見つけて、五年後には、みんながまた幸せになってる様子を想像してみてよ。サムもきっと、今日のことをふりかえって、どうしてあんなに大さわぎしたんだろう、って思うんじゃない？」

ぼくは肩《かた》をすくめた。「そうかもね。でも、そんなに簡単にすべて解決したりはしないんじゃないかな」

「どうしてそう思うの？」

「なんとなくそんな気がするんだ」

「でも、なぜ？」ローラは食いさがった。「みんなで問題を解決して幸せになろうって考えることのどこがいけないの？」

「簡単そうに言うけど、なにもかもばらばらになりかけてるんだ。家族そのものがさ。二、三か月先に自分がどこに住んでいるかもわからないし、もちろん、そのころ、ジェイソンがどこに住んでるのかなんて予想もできない」

「サム」ローラの声が急に小さくなり、とても真剣《しんけん》な口調でこう言った。「あなたに伝えたい大事なことがあるの」

「なに？」

「まず、こっちをむいて。まっすぐわたしを見ていてちょうだい。だって、これは、サムが一生おぼえていることになるんだから」

ぼくは言われるままにむきを変え、ローラと正面からむきあった。ローラの顔がすぐ目の前にあって、少しめまいがするほどだった。その瞬間《しゅんかん》、まわりの世界は存在すらしなくなった。「で、ぼくになにが言いたいの？」

「これよ」ローラはそう言うなり、身を乗りだしてキスをした。ローラの唇《くちびる》がぼくの唇《くちびる》にふれると、すっかり不意をつかれたというのに、気がつくと、なにをすべきかちゃんとわかっていた。体と顔の力をぬき、キスを返す。そしてこの時のキスは、始まったと思ったらすぐに終わってしまった。「クリスマスの日に、お兄さんは素敵《すてき》だって、わたし言ったでしょ」ローラは言った。「サムはお兄さんに似てるって言ったのもおぼえてる？　でも、ジェイソンは、ほら、だいぶ年上だから。あの時わたしが言いたかったのは、サムが素敵《すてき》だってこと」

「ああ」ぼくはまたもとのようにすわり、すっかり度肝《どぎも》をぬかれていた。股間《こかん》がふくらむのを抑《おさ》えられず、ローラに見られて、変態と思われやしないか心配になった。「ありがとう」

「お礼なんていいわ」ローラはそう言って微笑《ほほえ》んだ。

「うん」

「キスは初めて？」

「そんなわけないだろ」ぼくはありったけの自信をかき集めて笑おうとした。「山ほどたくさんの女の子とキスしたことがあるからな。何百人、いや、何千人かも」

「ほんとに？」

「いや、きみとだけだ」

「そう」

「ローラは？」

「一人だけキスした男の子がいるけど、そのあと、あんまり感じがよくなかったから、その人のことは話したくないわ」

「わかった」ぼくはまたローラの手をとり、力をこめた。それから長いあいだ二人ともだまったまま、ただすわって水鳥たちをながめていたが、しばらくすると、ローラが肩《かた》に頭をもたせかけてきた。ぼくはもう一度キスしたくてたまらなかったけれど、そのまま動いてほしくもなかったので、しゃべらずにいると、ローラもしゃべらず、そして、結局は文句のつけようのない午後になった。

「だれにも言わないでくれる？」ぼくがローラにたのんだのは、二時間後、地下鉄の駅で別れる時のことで、それまでには、もっとたくさんキスをしていたし、次の週末には一緒《いっしょ》に映画を見にいく約束もしていた。「兄さんのこと、内緒《ないしょ》にしといてくれよな」

「もちろん」ローラはそう言うと、口にチャックをするしぐさをしてみせた。「絶対にだれにも言わないわ」

お母さんの政治家としての将来が、家の中でもまたよく話題にのぼるようになり、党や選挙区の人たちなど、ますます多くの人がうちに来て、そのほとんどが携帯《けいたい》を耳にあてているか、iPadを手にもっていた。ある日、ぼくがお母さんのそばに立っていると、党首選のスタッフの一人がちかづいてきて、お母さんの腕《うで》をとった。

「たった今、ジョーの陣営《じんえい》から情報が入った。ジョーは立候補しない」

お母さんは一歩下がって片手を口もとにあてた。「じゃあ、決まりってこと？　わたしだけなの？　対立候補はいないってこと？」

「そういうことになるね。ジョーはもうすぐ声明を出す。その後、わたしの知るかぎりでは、党内は一致《いっち》団結してきみの支持に回るはずだ。まちがいない。むろん、ジョーは閣内の要職を求めてくるだろう――」

「でしょうね」お母さんはそう言って顔をそむけたが、その表情から、先のことをあれこれ考えているのがわかった。「その権利はあるわ。ただし、要職といっても限度がある。長い目で見て、わたしの不利益になる恐《おそ》れのあるポストはだめよ。財務、内務、外務以外ね。保健相あたりかしら。国防相か」

「そうだな、あるいは――」

リビングで大きな声がして、お母さんたちが呼ばれているのがわかった。みんなですぐにリビングへ行ってテレビ画面に目をこらしたが、しばらくだれもなにも言わなかった。

「どういうこと？」ようやくお母さんがそう言うと、画面を見ながら顔をしかめた。「あれはジョーの家じゃないわ」

「そのはずですよ。でなきゃ、なぜ取材陣《しゅざいじん》がいるんです？」

「ちがうわ。ジョーの家へは行ったことあるもの」お母さんはくりかえした。「あんな家じゃなかった」

「じゃあ、だれの家なんだ？」お父さんが言った。

「さあ。なんとなく見おぼえがあるんだけど――」

それから、リビングの中が静まりかえった。ジョーが一人で家の外に出てきて、カメラの前に立ったのだ。そして、手にもった数枚の紙を見ながら、この前お母さんが、前首相のこの国への貢献《こうけん》について語った言葉を一言一句そのままくりかえした。でも、そのあとが少しちがった。

「そして今、わが党、そしてわが国が、新しい指導者を見いだすべき時が来ました」ジョーは続けた。「みなさんもご承知のように、わたしは長年にわたり、政府内のさまざまな部署で数多くの仕事に携《たずさ》わり、また、それを光栄に感じてきましたし、もしかしたら、あと十歳《さい》若ければ、首相候補として名乗りを上げるという最大の挑戦《ちょうせん》に進んで身を投じていたかもしれません。しかし、十歳《さい》若返ることはできませんし、みなさんにうそはつけませんから、わたしの時代はもうすぎたと感じていると申しあげねばなりません」

お母さんがとなりにいたお父さんの顔を見ると、お父さんはお母さんの腰《こし》に腕《うで》を回して引きよせ、みんなは歓声《かんせい》を上げたが、ジョーがまた話しだしたので、部屋の中は静まりかえった。

「もちろん、こうした瞬間《しゅんかん》というのは、この先十年のわが国のあり方を見通そうとしているとも言えるわけで、だからこそわたしたちは、この職にもっともふさわしい人物はだれなのか、自らに問わねばなりません。わが国の顔としてふさわしい人物はだれでしょう。われわれは、わが党の大いなる伝統を受けついで進んでいくべきなのか、それとも、一部党員に不安や異論があったとしても、新しい風をとりいれるべきなのか？」

「なにをごちゃごちゃ言ってるんだ？」お父さんは言ったが、お母さんは口をつぐんだまま、少し先を読もうとしているのがぼくにはわかった。そして、次にテレビのむこう側で起きたことを見て、唇《くちびる》にかすかな微笑《ほほえ》みを浮《う》かべ、部屋中のだれもが驚《おどろ》いて息をのんでいる横で、一瞬《いっしゅん》目をとじ、ああ、そういうことね、という顔をした。

というのも、ジョーのうしろにある戸口から、三人の人物が出てきたからだ。クリスマスの日に、うちにお客として来ていたボビー・ブルースターと奥《おく》さんのステファニー、そして娘《むすめ》であり、ぼくの彼女《かのじょ》でもあるローラだった。ローラはいつもより顔が青白くてきれいに見えたけど、よく見るとふるえていて、今にも泣きだしそうだった。全身が、がくがくふるえている。

「そう考えると」と、ジョーは続けた。「デボラ・ウェイヴァーは、その人並はずれた才能によって、この先数年にわたり、わが国の政権運営に多大な貢献《こうけん》をしてくれるでしょうが、この政府、この国を率いるのによりふさわしい人物は、ボビー・ブルースターだとわたしには思われるのです。みなさんもよくご存知のように、ボビーは献身的《けんしんてき》な公僕《こうぼく》であり、広く国民のみなさんを代表し、また家族を大切にする、そして、あえて政治的・社会的に不公正な言葉を使わせていただくと、ふつうの家族をもつ人物です」

「まあ、まあ」ボビーは少し笑い声をあげると、首をふりながら言った。

「もちろん、今の話に他意はありませんし」と、ジョーは言った。「はっきりさせておきますが、デボラ・ウェイヴァーの家族問題、とくに、上の息子《むすこ》さんが——当人がどう思っていようと、娘《むすめ》さんではありません——精神科の診療《しんりょう》を受けていることは、わたしがボビーを支持すると決めたこととはなんの関係もありません。ただ、社会規範《きはん》の中には、変えずにおくのが大切なものもあると思うのです。というわけで、みなさん、ご紹介《しょうかい》しましょう。次期英国首相候補、ボビー・ブルースターです」

ボビーが進みでると、カメラのシャッター音が響《ひび》き、五分近くしゃべったのに、なにを言ったのかほとんど聞きとれなかった。リビングの中はしんと静まりかえったままで、見ると、お母さんとお父さんは、怒《いか》りと信じられない思いとで、かすかにふるえていた。

「ごらんのとおりよ」ボビーが話しおえ、一家がドアのむこうへ姿を消すと、お母さんはそう言って、リビングにいる人たちを見まわした。「終わったわ」

異議を唱える人はだれもいなかった。


ぼくが廊下《ろうか》に出たのは自分の部屋へ行くつもりだったからだ。家の中で党の人たちがいないのは、ほとんどそこだけだったからだが、リビングを出たとたん、廊下《ろうか》の電話が鳴った。ぼくは電話をにらみつけ、とりたくないと思った。どこかの記者がコメントがほしくてかけてきたに決まっている。でも、電話はなかなか鳴りやまず、その音がだんだん耳ざわりになってきたので、ぼくは受話器をとって耳にあてた。

「もしもし」

「サム?」受話器のむこうで、おびえた声がした。「ローラよ。サム、ほんとうにごめんなさい。だれにも言わないつもりだったし、こんなことになると思ったら、絶対言わなかったんだけど……。お母さんの考えを知りたくて、お母さんにだけと思って話したの。そしたらわかってくれたみたいで——」

ぼくはそれ以上、ローラの話を聞かなかった。すぐに電話を切り、階段をゆっくりのぼっていくと、部屋に入ってドアに鍵《かぎ》をかけ、生きてるかぎり、二度とだれも信用しないと誓《ちか》った。

9 見せかけの男らしさ

新聞がぼくの家族について書いたほんとうではない十の記事

① ぼくが十三歳《さい》だという記事（サン紙）。そのころにはもう十四歳《さい》になっていた。

② お母さんとお父さんは党集会で出会い、最初にデートに誘《さそ》ったのはお母さんだという記事（ミラー紙）。初めて二人が会ったのは劇場のロビーで、誘《さそ》ったのはお父さんのほうだ。

③ うちではオペアが六年間に十一人も代わり、「かわいそうな女子学生たちは無茶なことを要求され、一人残らずやめていった」という記事（タイムズ紙）。近いけど、まったく正確かというと少しちがう。だって、かわいそうな学生の一人は、かわいそうな男子学生だったんだから。

④ お父さんがボーイゾーンの大ファンだという記事（アイリッシュ・タイムズ紙）。お父さんは

ウエストライフの大ファン。この二つはちがう（いずれもアイルランドの男性ボーカルグループ）。

⑤ お母さんは国会議員になってからずっと、首相に対する陰謀《いんぼう》を企《くわだ》てていたという記事（ガーディアン紙）。耳に入ってきたお父さんとの会話によると、ほんとうは、お母さんが陰謀《いんぼう》を企《くわだ》てはじめたのは、内閣に入ってかららしい。

⑥ ローズおばさんが、ミック・ジャガー（イギリスのロック歌手）とミック・ジャガーの息子《むすこ》の両方と関係をもったことがあるという記事。おばさんがパブで風力発電の利点について話していた男性を、どんなにたくさんの鳥たちがプロペラにぶつかって死んでるか知ってるの、と言って、殺しかけたという記事。おばさんがアメリカの死刑囚《しけいしゅう》の男性九人と文通をしているという記事（デイリー・メール紙）。どれがほんとうか、ぼくにはわからないけど、どれもほんとうかもしれない。

⑦ ぼくが学校の山岳部《さんがくぶ》に入っているという記事（テレグラフ紙）。入ってないし、なぜそういう話になったのか、さっぱりわからない。そもそも、うちの学校には山岳部《さんがくぶ》がない。ぼくの知るかぎりではないはずだ。

⑧ ジェイソン兄さんが精神障害を患《わずら》っていて、お母さんとお父さんは、そういう人たちのための施設《しせつ》に入れるかどうか専門家に相談したという記事（デイリー・エクスプレス紙）。そもそも

精神障害じゃないし、そんな相談をしたこともない。

⑨ お母さんとお父さんがラザフォード通り十番地にわざわざ家を買ったのは、ダウニング街十番地に引っ越《こ》す前に、この家の外で写真を撮《と》ってもらえる日を待っているからだという記事（オブザーバー紙）。ほんとうは、お父さんが、おじいちゃんたちが住んでた家を相続しただけだ。

⑩ お母さんもお父さんも、二か月以上ジェイソンと話をしていないという記事（サン紙、ミラー紙、タイムズ紙、アイリッシュ・タイムズ紙、ガーディアン紙、デイリー・メール紙、テレグラフ紙、フィナンシャル・タイムズ紙、オブザーバー紙）。

というわけで、新聞がうちの家族について書いた記事のうち、ほんとうじゃないのは九つだった。

クラス全員が、ぼくの兄さんは自分が女だと思い、お母さんは首相候補で、家族の記事が毎日のように新聞にのるのを知っているというのは、すごく奇妙《きみょう》な感じだった。みんな、ぼくにどう話しかけたらいいかわからないくせに、ぼくの家でなにが起きているのか知りたくてたまらないみたいだった。ぼくを変わり者あつかいするくせに、みんな自分たちの毎日が退屈《たいくつ》で、ぼくの毎日には目新しいことが次々《つぎつぎ》起きるのがうらやましいんだろう。気がつくとぼくは、とにかく放っておいてほしいと願うようになっていた。ただでさえ、家に出入りするたびに、たくさんの人にじろじろ見られるのだ。目立たずにいるのがいつも最善の策だった。

党首選の投票日までの二週間のあいだに、何度かローラが電話してきたが、ぼくには出る気がなかった。お母さんたちがとても忙《いそが》しかったので、いつも掃除《そうじ》に来る人が、泊《と》まりこみで朝昼晩、食事を作ってくれることになり、その人が電話も受けていたのだが、最後には、今はぼくの元カノになったローラに、電話をかけてくるのをやめないと警察に通報しますよ、とまで言った。ちょうど受話器にむかってそう言っているのを聞いてしまった時、ぼくはやりきれない気持ちになった。ローラに会いたかったし、キスしたくてたまらなかったけど、ローラがしたことは、どう考えてもゆるせなかった。

お母さんには首相になってもらいたくなかったが、長年の夢だと知っていたので、うまくいってほしいと思いはじめていた。なんといっても、お母さんは政治家にすごくむいてるし、この国をもっと住みよい国にしたいと考えていた。あんなに一生懸命《けんめい》働いて、毎晩あんなにおそくまで起きて書類を読んでるんだから、それは絶対まちがいない。政策を助言してくれる人たちと話しあっている時、お母さんが何度も口にするのを聞いたことのあるせりふは、「でも、それで国民の暮らしはよくなるの?」だった。

その二週間、ぼくの仕事は、できるだけ家の手伝いをすること、空になったびんや食べ物の容器をまとめて、日に二回、ゴミ出しをすること、みんなのじゃまにならないこと、そして、これを破ったら死《し》刑《けい》という覚悟《かくご》で、外にいる記者たちにはなにも、絶対になにも、しゃべらないことだった。

こんなことになっていなければ、ずいぶん暖かくなってきていたので、また自転車で通学しはじめる時期だったのに、わが家にはそれはたくさんの人が注目していたので、ブラッドリーが毎朝八時にぼくを迎《むか》えに来てくれた。ブラッドリーは、記者たちを右に左に押《お》しわけて玄関《げんかん》までやってくると、戸口で文字どおりぼくをかかえあげ、車まで運んで後部座席に放りこんでくれる。

「じゃまだ、って、言いたくならないか？」ブラッドリーがそうきいてきたのは、一日中続く取材合戦が四日目に入った日のことだった。「あんなやつらがおれの家の前にいたら、ホースで水をかけてやるんだがな。絶対だ！」

ぼくは笑った。それはいい考えだ。「でも、そんなことしたら、お母さんに殺されるよ」

「だいじょうぶ、そんなことはされないさ」

「とにかく、あと十日のがまんだから。そしたらお母さんは勝ってるか、負けてるか、どっちかだ。で、マスコミもいなくなる」

「勝ったらいなくならない。そのあとも、一生つきまとわれるぞ」

ぼくはだまっていた。

新聞はますますジェイソンのことを記事にしはじめ、兄さんを奇人《きじん》あつかいして、ありとあらゆることを書きつらねた。「ウェイヴァーの息子《むすこ》はトランス！」「ウェイヴァーの息子《むすこ》は娘《むすめ》！」「ウェイヴァーの子は性別でゆれている《ウェイヴァリング》！」きりがなかった。そして、記者たちはみなジェイソンの居場所をつきとめようとしたが、影《かげ》も形もなくて、ローズおばさんは、さわぎがおさまるまで友だちの家にあずけた、と言っていた。ただ、少ないけれどジェイソンの味方をしてくれる新聞もあって、同じような決断を下した若い人たちのことを取材した記事をのせていた。読んでみると、どうやら長い目で見れば、本人にとっていい結果につながったようだった。

「警察に捜索《そうさく》願いを出したほうがいいかしら？」お母さんが言いだしたのは、めずらしく家族三人だけになった夜おそくのことで、政党関係者はみな家に帰り、報道陣《ほうどうじん》もすでに引きあげていた。

「そんなことしてなんになる」お父さんが言った。「誘拐《ゆうかい》とか、そういう目にあってるわけじゃないんだから。ジェイソンがローズのところへ行き、今はローズがあの子をどこかよそへ移したことはわかってる。ローズからは、なんの心配もいらないが、本人がうんと言わないかぎり居場所は教えられない、と言われてるだけだ。危ない目にあってるわけじゃないんだし、時期が来ればきっと連絡《れんらく》があるさ」

「でも、心配なのよ」お母さんは、今度は少し声をつまらせて言った。

「わたしだって心配だ」お父さんは床《ゆか》に目を落とし、三人ともだまりこんでしまうと、ちょっと気まずい雰囲気《ふんいき》になった。

「そんなに兄さんのことが心配なら」結局、口をひらいたのはぼくだった。「追いだしたりしなきゃよかったじゃないか」

「追いだしてなんか――」話しはじめたお父さんの腕《うで》に、お母さんがそっと手をおくと、お父さんは口をつぐんだ。

「追いだしたとは言えないかもしれないけど」お母さんが静かな声で言った。「ここにいられないようにしてしまったわ。ジェイソンが出ていったのはわたしたちのせいなんだから、あの子の身になにかあったら、それはやっぱりわたしたちのせいよ」

次にお母さんは、いつもぼくをうろたえさせる、あることをした。そう、両手で頭をかかえて泣きだしたのだ。ぼくは茫然《ぼうぜん》と見つめるばかりで、どうしたらいいかわからずにいると、すぐにお父さんがお母さんの体に両腕《りょううで》を回し、お父さんまで泣きだしたので、ぼくは怖《こわ》くなって、ただもう、大声でわめきながら部屋を飛びだしたくなった。

「泣くなよ」ぼくは言ったが、二人は聞く耳をもたなかった。「泣くな!」ぼくは大声でくりかえし、立ちあがった。「泣いたってしかたないだろ」

「サムの言うとおりだ」お父さんは涙《なみだ》をぬぐいながら言った。「これからのことを考えないと」

「もっと話を聞いてやればよかったんだわ」お母さんが言った。「わかってあげようと努力すべきだった。ジェイソンがここにいてくれないのなら――」お母さんは、一面にボビー・ブルースターと自分の写真がならんでのっている新聞を手にとった。「いったいなんになるの？　結局、わたしたちがあの子を追いだしてしまったんだわ。一人のことも考えてやれないのに、六千万人の国民をどうして引きうけられるっていうの？」

お父さんがまた泣きだすと、お母さんはその手をとって、かたくにぎりしめた。二人は、まるでぼくが目の前にいないみたいに、二人だけで受けこたえしていた。

「初めて会った時のことをおぼえてる？」お母さんがたずねた。

「もちろんさ。あの、シャフツベリー通りの劇場だった」

「つきあうようになって、それはいろいろなことを話しあったわね。将来の計画や、この国をどうやっていい方向にむけていくかという話を。たとえわたしが党首選に勝ったとしても――まあ、どのみち、その可能性はもうないに等しいけれど――、それでジェイソンが帰ってくるわけじゃないわ。むしろ、あの子をもっと遠ざけてしまうだけかもしれない。ああ、アラン、わたしたちはあの子になんてことをしてしまったんでしょう。自分たちの息子《むすこ》なのに、なぜあんなに思いやりのない態度をとってしまったのかしら」

そして二人はそれ以上なにも言わずにまた泣きはじめたので、ぼくは自分の部屋へもどった。でもその前に、ジェイソンの部屋のドアをあけて中を見まわし、ポスターや、本や、そして、もうずいぶん長いあいだ寝《ね》る人のいないベッドに目をやった。

「どこにいるんだよ?」ぼくは声に出して言った。


学校から帰る途中《とちゅう》、公園から家までのあいだで、あの子はぼくを待っていた。たぶん、むこうが気づくより早く、ぼくのほうが気づいていたんじゃないかと思う。心の中には、背をむけて別の道から家に帰りたい気持ちもあったけど、そんなことはできないというのもわかっていた。なぜなら、ずっと会いたくてたまらなかったからだ。だってぼくの彼女《かのじょ》なんだし……。いや、少なくとも、十日くらいはそうだったし、初めてキスした女の子だったからだ。またキスがしたいからってだけでなく——したくてたまらなかったけど——、好きだったからだ。

「サム」そばまで行くと声をかけられたので、ぼくは歩道の上で立ちどまり、少しうつむいてから、顔を上げ、近づいていった。

「会わないほうがいいんじゃないかな」ぼくは言った。「一緒《いっしょ》にいるところを記者に見られたら——」

「あの人たちにはもううんざりよ。そうでしょ?」

「ほんとに」ぼくは答えた。なにしろ、家に出入りしようとするたびに、人垣《ひとがき》をかきわけなければならなかったからだ。「最近じゃもう、ほとんど全員の名前をおぼえてるくらいさ」

「わたしもよ。毎朝六時にやってきて、家族のだれかが玄関《げんかん》をあけるたびに、大声でなにか言われるの」

ぼくは微笑《ほほえ》むと、どなりつけてこの場からはなれたいのに、抱《だ》きしめてキスしたい衝動《しょうどう》にかられた。

で、結局、公園を歩かないかと誘うと、そうね、と言われて、ほっとした。

「いくら電話しても出てくれないのね」と言われたのは、花壇《かだん》のまわりを歩いている時で、春の草花がいっせいに咲《さ》いているというのに、彼女《かのじょ》は花のことなど気にもとめていないようで、ただぼくのほうをじっと見ていた。「電話するのはもうやめたわ。女の子としては、あれ以上恥《はじ》はかけないから」

「きみに話したことは……」ぼくは言いかけた。「内緒《ないしょ》にしておいてくれって言ったじゃないか。個人的なことなんだ。きみを信用してしゃべったんだよ、ローラ」

「わかってるわ。それに、ほんとうに裏切るつもりなんてなかったのよ。ただ助けてあげようと思っただけ。でも、それにはちゃんと理解してないとだめだってわかってた。だから図書館へ行って本を読んだんだけど、なんにもわからなかった。で、インターネットで調べようとしたら、どのサイトもブロックがかかってて……」

「ブロックのはずし方なんて、だれでも知ってるぞ！」

「サムも知ってるの？」

「ああ、ジェイソンから教えてもらった」

「でも、わたしにはお兄さんがいないんだもの」

「それに、別にいやらしいサイトじゃないんだし、ブロックしちゃいけないんだ。人の生き方にかかわることなんだから」

「わかってるわ。でも、インターネットってそういうものでしょ。とにかく、その時よ、お母さんに話したのは。知ってることを教えてもらおう、と思って。二人だけの話のつもりだったのに、お母さんがお父さんに話してしまって。そしたら、どうやらお父さんは、党首選に勝つために利用できると思ったらしく……。お父さんにそんな気があるなんて、わたし全然知らなくて。ずっと、サムのお母さんを支えていくつもりだって言ってたから」

「お母さんもそう思ってた」

「今しかないと考えて動いたんでしょうね」

「そりゃよかった」

「なぐさめにもならないだろうけど、わたしは頭に来てるわ」

「あんまりならないかな。でも、まあ、そう言ってくれてありがとう」

それからしばらくなにも言わずにただ歩きつづけ、ぼくは内心、手をつなぎたくてたまらなかったけれど、実際にそうする気にはなれなかった。ぼくはまだローラに、そしてあの話を打ちあけてしまった自分に腹をたてていて、そのことをわかってほしかった。

「で、元気でやってるの?」ローラはやっと沈黙《ちんもく》を破ってそう言った。

「だれが?」

「お兄さん」

「わからない」ぼくはそう言って、肩《かた》をすくめた。

「会ってないの?」

「ああ」

「連絡《れんらく》は?」

「電話はしてたけど、ここ一週間はしてない。新聞に記事が出てからはね」

「じゃあ、もうおばさんの家にはいないのね?」

ぼくはうなずくと、わかっていることを話した。ローズおばさんが、ヒッピー時代の友だちのところにジェイソンをあずけたのだけれど、もうすぐもどってくるということ。そして、ひとつ確かなのは、おばさんの家を出る時、兄さんは、ジェイソンではなく、ジェシカの服装をしていたということ。じつは、ぼくが一番心配なのはそこで、なぜって、夜おそくに通りでそういう人を見かけると、迷わず殴《なぐ》りかかるような人間が世の中にはいるから。新聞でそういう事件を読んだことがある。それに、実の弟がポニーテールを切りおとそうとするくらいなんだから、赤の他人はなにをするかわからない。

「でも、宙に消えちゃったわけがないでしょ」ローラは首を横にふりながら言った。

「もちろん、そうじゃないさ」ぼくはいらついて、少し大きな声で言った。「無事でいるのはわかってるけど、ぼくらと話そうとしてくれないんだ。だって、自分の家族から奇人《きじん》あつかいされたんだから。きっと、新聞でお母さんの記事を読んで、はなれていたほうがいい、でないと、党首選でお母さんは損をすると思ったんだよ。もう二度と会えないかもしれない。ジェイソンは……最高の兄さんだったのに……」

ぼくはベンチに腰《こし》をおろし、気がつくと両手のこぶしをにぎりしめていた。なにかを殴《なぐ》りたかった。だれかに殴《なぐ》ってもらいたかった。このつらい気持ちを忘れさせてくれるのなら……。

「きっと帰ってくるわよ」ローラが言った。

「どうしてそんなことがわかるんだよ！」ぼくは今度はどなっていた。「だれにわかるっていうんだ？ジェイソンに会ったこともないくせに。なんにも知らないだろ。今ごろどんな思いでいるのか知らないじゃないか。ぼくがそばにいてやるべきだったんだ。ぼくのジェイソン兄さんなのに……。ポニーテールにして、スカートはいて、お化粧《けしょう》して、ジェシカって名乗りたがるからって、それがどうしたっていうんだ。大事なのはそこじゃなかったんだよ。ぼくは兄さんを裏切ってしまった。結局そういうことになる。ぜんぶぼくのせいだ」

「いいえ、わたしのせいよ」ローラはとなりにすわり、ぼくの体に腕《うで》を回したが、ぼくはされるままにしていた。つらい思いが次々《つぎつぎ》にわき、後悔《こうかい》が胸をよぎるのに、ローラの腕《うで》に抱《だ》かれると、またあそこが硬《かた》くなった。自分がいやになったけど、どうしようもない。勝手にそうなるんだから。

「ほっといてくれ」ぼくはそう言って、ローラを押《お》しやった。「きみがお母さんにしゃべりさえしなければ――」

「ごめんなさいって言ったじゃない」

「もうどうでもいいよ、ローラ」ぼくは立ちあがり、涙《なみだ》をぬぐった。頭の中に次のせりふが浮《う》かぶのがわかり、言いたくないと思ったのに、口から出ていった。「きみとはもう会いたくない。二度とね」

「あの時にもどって、やりなおせるなら――」

「でも、できないだろ」

「そんなつもりはなかったのよ」

「やったことは変えられないんだ」

ローラは長いあいだじっとぼくを見つめていたが、うなずくと、「わかったわ」と言って、立ちあがった。「あやまってすむことじゃないけど、サム、ごめんなさい。ほんとうにごめんなさい」

「ぼくは兄さんにもどってきてほしいだけなんだ」ローラのやさしさにそれ以上強く出られず、胃がきりきりと痛んで、ぼくは文字どおり体を二つに折った。口をあけ、大声でその痛みを吐《は》きだそうとしたが、なにも出てこない。あるのはただ、沈黙《ちんもく》とさみしさだけだった。

夕方家にもどると、外にはいつもよりずっとたくさんの記者が集まっているようだった。党首選の投票日まであと二日しかなく、新聞の予想はだいたい同じで、ボビー・ブルースターが勝利をおさめ、次期首相になるだろうと書いていた。そして、お母さんはたぶん内閣からはずれるだろう、と。今や、トランスジェンダーについてとりあげていないラジオやテレビのニュース番組はひとつもないらしく、うちには親が二人いるのに、ほとんど、どのレポーターも、いわゆるジェイソンの「奇行《きこう》」は、みなお母さんに責任があると報じていた。ジェイソンに好意的な新聞でさえ、ささいなことを見つけてはお母さんを責め、まるで野心的なキャリアウーマンであることがその原因であるかのようだった。

奇妙《きみょう》なことに、記事を書いた人がだれであれ、それが男女どちらでも、おおよそ同じような趣旨《しゅし》になっていた。つまり、お母さんが悪い、お父さんはお母さんの私設秘書をしてるなんて軟弱《なんじゃく》だ、お母さんがこの間ずっと家にいて、時々《ときどき》パイでも作っていれば、すべてちがう結果になっていただろう、というのだ。お母さんからは、そういう記事は読むな、みんなでたらめだ、と言われていたけれど、読まずにいられなかった。記者たちがお母さんのことを、そして、ぼくらのことを、どう書いているのか知らずにいるわけにはいかなかった。

キッチンでは、お母さんとお父さんがテーブルにむかってならんですわり、そのまわりを党首選のスタッフがかこんで、三ページほどの書類を読みながらメモをとっていた。

「サム、自分の部屋にいてくれないか」若いスタッフの一人が言ったので、ぼくは自分の家のキッチンに入るなと言われたことが頭に来て、さっとその人のほうを見た。

すると、ぼくが口をきく前に、お母さんが声を張りあげて「なに言ってるの！」とどなった。たちまちキッチンの中は静まりかえり、全員がお母さんの顔を見た。

「サムはわたしの息子《むすこ》よ。そして、二度と同じあやまちはくりかえさないわ。道をあけて、その子を通してやってくれない？」

みんなが左右に分かれたので、ぼくはお母さんとお父さんのあいだに入り、ちらちらと二人を見ながら、ほかの人たちに聞こえないくらい小さな声で「なにしてるの？」とたずねた。

「もう終わりよ」お母さんは答えた。「わたしは降りるわ」

「でも、どうして？　選挙まであと二日だし――」

「選挙には勝てない。だから、いさぎよく身を引いて、ボビーにまかせたほうがいいの」

ぼくはうなずいた。「そうすれば、ボビーは、お母さんに重要ポストをくれる?」

お母さんは首を横にふり、笑った。「くれないでしょうね。どっちにしろ、わたしはもう、そういうポストがほしいかどうかわからなくなったわ」

悲しさが胸につかえ、大きく重くなっていく気がした。なにもかもうまくいかなくなってしまった。ジェイソンとはもうずいぶん会ってないし、お母さんは心の底から望んでいた仕事をあきらめようとしていて、お父さんはたぶん失業するだろうし、そのあと、ぼくらはどうなってしまうんだろう?

「だからね、サム、今からわたしは」お母さんは続けた。「外に出ていって、その決断を報道陣《ほうどうじん》に知らせるわ。たぶん二、三日は大さわぎになるでしょう。ボビーが十番地に引っ越《こ》して、新しい内閣を発表するまでは。でもしばらくすれば、きっとすべてはまた落ちつくから。ごめんね、どたばたしちゃって、ほんとに悪いと思ってるわ」

「なんでもないさ」ぼくは答えた。「でも、いいの? 首相になれるチャンスは二度と来ないかもしれないよ」

「わたしはもう三か月近く、あの子の顔を見てないのよ」お母さんはそう言うと、すぐにつばをのみこんだので、今にも泣きそうなのがわかった。「自分がこの家族をどんな目にあわせてしまったのか、やっとわかったわ。だからね、サム、本心から言うけど、これでいいの。今までの人生で、これほど自分の決断に自信がもてたことはないわ」

　お母さんとお父さんが立ちあがったので、ぼくはうなずき、部屋にもどろうとしかけたが、思いとどまって、こうたずねた。「ぼくも一緒《いっしょ》に行っていい？」

「サム、それはやめたほうがいい」お父さんが答えた。「お母さんは次々《つぎつぎ》に質問を浴びせられるし、いやな思いをするぞ」

「だからこそ、ぼくも一緒《いっしょ》にいたいんだ」ぼくはそう言って、お母さんの顔を見た。「ひどいことをたくさん言われてる時に、となりにいたいんだよ。ほかの人たちはみんな、このまま中にいてもらえないかな」

「ほかの人たち？」お母さんが言った。

「うん、ここにいる人たちみんな」ぼくはキッチンにいる党のスタッフたちを見まわしたが、だれがだれだかほとんどわからなかったし、今までぼくに関心を示した人が一人もいないのはまちがいなかった。

　お母さんはお父さんの顔を見ると、肩《かた》をすくめて言った。「いいんじゃない。みんな、わかったわね、マスコミ対応は、わたしとアランとこの子だけでやるわ」

　残念そうな声があちこちからあがった。だれであれ、お母さんのそばに立てば、今から二十四時間ほどは、どのニュース番組でもテレビに映るはずだったからだ。

「大臣」濃紺《のうこん》のスーツを着た若い男が声をあげたが、ぼくはこの人が何度か、掃除《そうじ》に来てくれている人にぞんざいな口をきくのを聞いたことがあった。「わたしでよければ、ご一緒《いっしょ》して——」

「さあ、三人で外へ」声がして、だれかが玄関《げんかん》ホールから入ってきた。「わたしがドアをしめますから。あとはだれも今いるところから動くなよ。さもないとただじゃおかないぞ」

声のしたほうを見ると、運転手のブラッドリーが、ここを通ろうとしたやつはだれでも、あとで後悔《こうかい》することになるぞという顔をして、みんなをにらみつけていた。

「ありがとう、ブラッドリー」お母さんがそう言うと、ぼくら三人は廊下《ろうか》へ出ていった。お母さんはまず左にいるお父さんを、それから右にいるぼくを見て、にっこり笑った。「行くわよ」

「ぼくらの人生は、まだまだこれからだ、デボラ」お父さんが、お母さんの耳もとに顔をよせて言った。「これくらいなんでもない。きっと切りぬけられる。切りぬけたら、まず第一にやるのは——」

「あの子をわが家へつれもどしましょう」

「そうとも」

お母さんはにっこり笑ってお父さんの頬《ほほ》にキスをし、ぼくら二人の手をとって、玄関《げんかん》にむかって歩いていった。

外に出ると、目をあけていられないくらい次々《つぎつぎ》にカメラのフラッシュが光った。テレビカメラが少なくとも八台、ラジオ局のマイクが十本以上、お母さんにむけられた。報道陣《ほうどうじん》は押《お》しあいへしあいしながら、ぼくらに近づこうとしたが、お母さんが手もとの紙をもちあげて話しはじめると、しんと静まりかえった。

「だれもが安定した政府を求めています」お母さんは言った。「政治信条、ジェンダー、職業、年齢《ねんれい》にかかわらず、わたしたちはみな、この国が効率的に、良識をもって運営されることを望んでいます。過去七年間は閣僚《かくりょう》として、さらに、その前の数年は影《かげ》の内閣の一員として、わたしは常に最善をつくし、自らが率いる組織を可能なかぎり効率的に運営し、困っている人たちを助けるためにできることはすべて行ってきました。そして、首相になれるかもしれないという期待に胸躍《おど》らせていたことは認めますし、率直に言って、自分はその任に耐《た》え、職務を全うすることができると信じてきました。しかし、みなさんもご存知のように、この十日あまりはわたしの家族とわたしにとって、大変つらい毎日でした。わたしたちがさらされた、きわめてきびしい監視《かんし》の目は、おそらく、いかなる政治家も甘《あま》んじて受ける限度を超《こ》えたものであり、わたしたち家族は大きな痛手をこうむりました。そしてわたしは次のことを、わが党の党員および国会議員のみなさんに申しあげます。わたしにとって家族は、あなた方のだれより大切であり、それはこれからも変わりません。ですから、失礼ながら、みなさんの狭量《きょうりょう》な石頭ぶりなど、知ったことではありません。わたしは変わらなければなりませんでしたし、だれもが変わるべき時なのです。そして今、沈鬱《ちんうつ》なる想《おも》いと、あわせて未来への率直な希望を胸に、わたしはここに——」

お母さんがはたと口をつぐんだので、ぼくはちらりと顔を見て、気が変わってしまったんだろうか、と思った。でも、その場で演説の原稿《げんこう》を変えようとしているわけではなかった。そうではなく、お母さんは記者たちのむこう、マイクやテレビカメラのむこうに見える通りに目をむけていた。

そこに立っていたのは、ジーンズをはき、アーセナルのレプリカユニフォームを着た十七歳《さい》の若者だった。何日かひげをそっていないらしく、あごや頬《ほほ》がうっすらと無精《ぶしょう》ひげにおおわれている。短く刈《か》りあげた髪《かみ》は、軍隊に入隊したばかりの若い兵士のようだった。ドクターマーチンのブーツをはき、バッグを肩《かた》にかついでいる。報道陣《ほうどうじん》はみな、いっせいにうしろをふりかえった。たぶんぼくは、その時の兄さんほど、なんていうか、男っぽい若者を見たことがなかったと思う。でも、どこかみじめな感じがした。まるで男に見せかけているようだった。ジェイソン兄さんは、ぼくらがみんな、もうずいぶん前からそういう格好をしてくれとたのんできた、まさにそういう外見だったかもしれないが、ぼくはこの時初めて、ジェイソンが全然兄さんらしくない、いや、ほんとうのジェイソンらしくないことに気づいた。

ジェイソンがうつむいたまま、ゆっくりと玄関《げんかん》にむかって歩いてくると、記者たちは道をあけて通した。ぼくらの前まで来ると、お母さんとお父さんはまるでジェイソンが家に帰ってきたことが、ちょっと信じられないという顔で兄さんを見つめた。

「あなた、それどうしたの？」お母さんはジェイソンを上から下までながめると、手を上げてそっと頭をなでた。

「昔の自分にもどったんだ」兄さんは小声で言ったが、ぼくらとは目を合わせられなかった。「こうしてほしかったんだろ？　これでお母さんは首相になれるんだよね。これでいいんだ、ほんとうさ。これくらいできる、約束するよ。もう、あのことは二度と口にしない。このままでいるから。ジェイソンらしくしてるよ」

「あれだけのことがあったのに？」お母さんは言った。「おまえをあんな目にあわせてしまったのに？　わたしのために全部あきらめるっていうの？」

ジェイソンはうなずいた。

お母さんとお父さんは茫然《ぼうぜん》として、まずジェイソンの顔を、次にお互《たが》いの顔を見つめた。そしてジェイソンと目が合ったぼくは、ただうつむいて下を見るしかなかった。なぜなら、ここ何か月かの自分の行動が恥《は》ずかしくてたまらなかったからだが、同時に、ジェイソンが今までどんなに勇敢《ゆうかん》だったかを思い、とても誇《ほこ》らしかった。

すぐに沈黙《ちんもく》が破られ、記者たちが質問を浴びせはじめた。「ジェイソン？」みんな大声で呼んだ。「もう出ていったりしないのかい、ジェイソン？　まだ自分は女だと思ってるの、ジェイソン？」

「ジェイソンなんていない！」ぼくは声を張りあげたが、記者にむかってしゃべったのはこの時が初めてだった。すると、その場にいた記者たちは一人残らず口をつぐみ、いっせいにカメラとマイクをぼくにむけた。

お母さんたちもしゃべらなかったが、三人の視線は感じていた。ぼくはごくりとつばをのんだ。人生で初めて世間の目にさらされていたが、ちゃんと見てほしいと思ってもいた。

「ジェイソンなんていない」ぼくは、少し声を落としてくりかえすと、右をむき、幼いころから大好きで、ぼくのアイドルだった人の顔を見上げて言った。「兄さんの名はジェシカだ」

10 険しい道を登りつめて

ダウニング街十番地に住んでみるまでは、そこがどんなに奇妙《きみょう》な場所か想像もできないだろう。ラザフォード通りに住んでいた時は、四階建ての家に使い道に困るくらいたくさんの部屋があった。今、ぼくらが家族の住まいとして使えるのは、寝室《しんしつ》が二つとバスルームが二つしかないせまいワンフロアで、大学に通っている姉さんが三週間に一度週末に帰ってくると、ぼくの寝室《しんしつ》で寝《ね》るはめになり、すごく気まずいけれど、幼いころにしていたようなとびきり楽しいおしゃべりができる。そして階段を登りおりするたびに、肖像画《しょうぞうが》や写真になった、むすっとした顔つきの男の人たちと――あ、女の人も二人いるけど――目を合わせるはめになるのだが、この人たちはみんな、今お母さんがまかされている仕事を今までしてきた人たちだった。たぶん、ぼくらがここを出ていったあと、お母さんの写真もここに飾《かざ》られるんだろうけど、どうやらそれは、まだ少し先のことになりそうで、というのも、お母さんの支持率はぐんぐん上がりつづけているからだ。

ブラッドリーだけは変わらずに、毎朝ぼくを学校まで車で送ってくれるけど、校門の前でぼくをおろすと、あとはぼくの知らない仕事をするためにどこかへ行き、夕方また迎《むか》えにきてくれる。

ぼくは時々《ときどき》、三人の友だちを家につれてかえることがある。ジェイク・トムリン、アリソン・ビートル、そして親友のデイヴィッド・フューグで、みんな同じバンドのメンバーだ。ジェイクはギター、アリソンはドラム、ぼくはキーボードで、デイヴィッドはボーカルだ。デイヴィッドはほんとうに歌がうまいってことも言っておかなきゃならない。バンドの名前は「ユア・ブレックファスト」。いずれビッグになるつもり。「ユア」の綴《つづ》りは、最初は「You're（=You are）」で、見た人をとまどわせるつもりだったけど、結局、それはやめて「Your Breakfast」に落ちついた。デイヴィッドとは、お母さんが首相になったあとすぐに仲良くなった。最初は、ただ首相の息子《むすこ》と友だちになりたいだけだったと思うけど、そのうち、今までずっとああいう態度をとっていて悪かった、とあやまってくれた。どうしてあんなにいじわるだったのか、ときくと、じつは自分のことでずっと悩《なや》んでいて、それをぼくにぶつけてしまおうと思い、例のうわさが広がりはじめたあとはとくにそうだったのだが、ほんとうは前からぼくのことが好きだったので、内心、後悔《こうかい》していた、と言った。さらに、ジェイク・トムリンとキスしたことをうちあけ、今はジェイクとつきあってるけど、だれにもしゃべらないでくれと言ってきたので、ぼくはひと言もしゃべってない。そんなことをしたら、大さわぎになって、何週間もその話題でもちきりになるだろう。

ぼくらがセント・ジェイムズ・パークに面した裏庭へ出て演奏するのを、役所の人たちはきらっていたが、だれかが苦情を言ってくるたびに、お母さんはじろりとにらんでだまらせ、それでおしまいだった。それでいいのかと思うだろうが、お父さんはもっと過激だ。一度など、訪英中だったアメリカ大統領が外に出てきて、ぼくらのたてる音がうるさいと文句を言うと、お父さんがあとを追って庭に出てきて、若者たちに音楽のような健全な活動を奨励《しょうれい》しなかったら、心の貧しい、本などまったく読まない、自分のことしか考えない、頭のおかしな人間ができるだけだ、とずけずけ言った。すると大統領は激怒《げきど》し、はずみで頭からかつらが落ちて、それを拾ってわたそうとしたアリソン・ビートルに大統領のボディーガード三人が飛びかかり、地面に押《お》さえつけてしまった。アリソンは十六歳《さい》の女の子のわりには、ドラムをたたいているので力が強く、本気で抵抗《ていこう》しはじめたので、こっちの警備の人間が駆《か》けよって仲裁に入らなければならなくなり、気づいた時にはもう外交問題になっていた。あとで大統領はツイッターにこんな投稿《とうこう》をした。

IQの低いガキどもが窓の外でひどい音楽を演奏してるから、テレビも見ていられない。がっかりだ！

すると、外務省がたのむからやめてくれと言ったのに、お父さんはツイッターに、「ユー」とだけ返信した。「ユー」としか打たなかったけど、もちろん、その前には省略された単語がひとつあって、それは、「アヒル《ダック》」によく似た言葉だろう。

お母さんが首相になって二年がたち、どうやら、たいていの人は、まずまずよくやっていると考えているらしい。お母さんは意義があると思ったことには必ず予算をつけるが、そのお金を管理している人たちがまともな仕事をしていないと思えば予算をへらしてしまう。そして世界中を飛びまわり、アメリカ、カナダ、アジア、そしてヨーロッパのほとんどすべての国へ行った。でも、一番好きなのはオーストラリアで、去年、ぼくの十六歳《さい》の誕生日のお祝いで、一緒《いっしょ》につれていってくれた時には、オーストラリアの首相が、〈フォーチュン・オヴ・ウォー〉という、シドニーで一番古いパブに案内してくれたのだが、お母さんたちが退屈《たいくつ》な政治の話をしているあいだに、ぼくは奥《おく》に陣《じん》どってビールを七本飲み、店の隅《すみ》で酔《よ》いつぶれてしまった。その後、大声を張りあげて「ワルツィング・マチルダ」（オーストラリアの国民歌）を歌いつづけ、外につまみだされるはめになった。お母さんの側近たちはみな、報道陣《ほうどうじん》がドブで吐《は》いているぼくの写真を撮《と》るのをやめさせようとしたが、お母さんは、どうぞお好きなように、明日の朝目がさめて、朝刊にのった自分の写真を見て恥《は》ずかしい思いをすれば、それが教訓になって二度とこんなことはしないだろう、と言った。たしかに、翌朝、ホテルの部屋のドアの前に届けられていたシドニー・モーニング・ヘラルド紙を見て、ふぬけのように地べたに寝《ね》ている自分の写真がのっていた時には、かなり恥《は》ずかしかった。しかもその写真は、イギリス中の新聞にものったのだ。

ぼくと両親との関係は、以前とはずいぶんちがっている。お母さんはとても忙《いそが》しいけれど、金曜日までのうちひと晩と、毎週日曜の午後は、それぞれ二、三時間一緒《いっしょ》にすごし、その時ぼくは、最近あったことを全部話すことになっている。

でもぼくはこの前、「これからは、なにもかも話すわけにはいかない」と宣言した。さすがにお母さんには話せないことがある。「プライバシーにかかわることもあるんだ」

「わかったわ」お母さんは少し不安そうに言った。「でも、忘れないでね、どんなことでも、いい、どんなことでもよ、話したいことがあったら、ためらわずにお父さんかわたしのところに必ず来てちょうだい。どんなに大変なことでも、わたしたちが必ず助けてあげるから」

「うん。でも、別になにもないよ。ほんとうさ、だって、なにもかもうまくいってるんだから」

でも、ついこのあいだ、あと何年、今の仕事をやるつもりなのかきいてみた。

「長くてもあと五、六年ね」お母さんは答えた。「それだけやれば充分《じゅうぶん》でしょう。だれかにあとをまかせて、みんなで人生を楽しみましょう。でもその前に、やりとげたいことが山のようにあるのよ。こういう仕事を引きうけるからには、ちゃんと成果を出さないと意味がないわ。それに、まだ始めたばかりだし。サム、おまえもいつか昔をふりかえって、自分の母親を誇《ほこ》りに思う時が来るわ」

「もう思ってるよ」と、ぼくは答えた。

奇妙《きみょう》なことに、お母さんが首相になってからは、すべてが変わったように感じる。てっぺんめざして険しい道を登っているうちは、ぼくが生きてるってことでさえ、かろうじて気づいているくらいにしか見えなかったけど、やっと首相にまで登りつめた今は、いくらぼくの相手をしてもしたりないみたいだ。まあ、これはいいことなんだろうが、ぼくには、前はどうだったか忘れられそうにない。あのころ、どんなに無視されて、忘れられているように感じていたか、ときどきお母さんに言いたくなるけど、今はその時じゃない気がする。いつか、そのうち……。

でも、小さかったころをふりかえった時、怒《いか》りはもう感じない。ただ、とまどいがあるだけで、なぜお母さんはあんなふうにふるまっていたんだろうと思う。一方で、幼いころの自分をふりかえってみると、やっぱり、なぜあんなふうにふるまっていたんだろうと思う。完璧《かんぺき》な人なんていない。とにかく、お母さんは、ぼくのお母さんだ。

ローラ・ブルースターはもうぼくの彼女《かのじょ》じゃないけれど、壁《かべ》ひとつへだてたダウニング街十一番地に住んでるから、よく見かける。ローラのお父さん、ボビーは、言ってみれば、お母さんをうしろから刺《さ》そうとしたようなものだったのに、お母さんはそのボビーを要職の財務大臣にした。お母さん曰《いわ》く、「友人は近くにおいておけ。敵はもっと近くにおけ」なんだそうだ。うちと十一番地とのあいだには連《れん》絡《らく》用のドアがいくつかあって、ローラとはしょっちゅう出くわす。

決してもとの仲にはもどらなかったけど、今はいい友だちだし、ローラがいなかったら、今の彼女《かのじょ》、キャサリンとも出会っていなかっただろう。つきあいだしてもうすぐ五か月になるが、キャサリンは学校でローラと同じクラスにいて、夏休みに十一番地のキッチンで初めて会った時には、ぼくは口がきけなかった。ほんとうにしゃべれなくなってしまったんだ。キャサリンの顔を見つめることしかできず、声の出し方を忘れてしまった。じっと見ていると、キャサリンはぼくの腕《うで》をこづいて正気に返らせてくれたので、なにか気のきいたことを言おうとしたのに、口をついて出たのは意味不明な話で、きっとどこかおかしいんじゃないかと思われただろう。でも次に会った時は、どうしようもないばかだと思われることなく、なんとかしゃべることができた。そのあと、学校でディスコパーティーがあった時、一緒《いっしょ》に踊《おど》ってくれとぼくから声をかけ、それ以来つきあっている。

でも最近転校してきたアーイシャという女の子がいる。インドのデリーから一家でイギリスにやってきた子で、国語の授業ではぼくのとなりの席にすわっている。ぼくが字を読むのを助けてくれ、おかげで単語がページから浮《う》かんで動きまわらずにすんでいる。インドの暮らしについておもしろい話がきけて、いつか行ってみたいと思うようになった。ぼくはアーイシャのことがとても好きだし、むこうもぼくのことが好きだと思うけど、今はキャサリンとつきあってるわけで……。この先なにが起きるかわからないけど、なんだか、いずれめんどうなことになる気がする。

ジェシカが初めて受けたAレベルの成績はあまりよくなかったが、その年はいろいろあったから、それは予想できたことだった。で、翌年の夏に受けなおすと決め、今度は必要な成績がとれたので、今はノリッジに引っ越《こ》して、大学で英文学を勉強している。ぼくは学期ごとに一、二度ノリッジへ行って週末をすごし、二人で湖のまわりをゆっくり散歩しながら、それぞれの暮らしの話をする。

ジェシカは特別な薬をのんでいるので、外見はだいぶ女らしくなっていて、もちろん、もうひげはまったくない。そして、ぼくは見ないようにしてるけど、まちがいなく胸もだんだん大きくなっている。服装も女らしいし、すれちがう男の人たちがジェシカを見るのも、男じゃなくて、ちゃんと女に見えるからなんだろう。本人もそういうことがうれしいみたいだけど、話を聞いてみると、まだ毎日大変で、この先なにが待ちうけているのか不安だから、カウンセリングを受け、医者にもかかっている。でも、ジェシカは、これが正しい選択《せんたく》だったと信じている。サッカーもまた始めていて、大学のチームにほかに女性はいないけれど、ほとんどのメンバーよりうまいから、だれも気にしていないんだそうだ。

ぼくは、ノリッジからロンドンにもどってくる時、ジェシカが望むように生きているのはわかっていても、いつもちょっぴり心配になる。そして列車の中では音楽を聴《き》かず、本も読まずに、窓の外に目をやり、すぎていく景色をながめながらジェシカのことを考える。

この前、ノリッジから帰ってくる時、むかいの席にすわっていたおばあさんが、携帯《けいたい》電話で娘《むすめ》さんにメールを送ろうとしていた。予定の列車に乗りおくれ、次の列車に乗ったから、リヴァプール・ストリート駅に早く迎《むか》えに来すぎないように、と連絡《れんらく》したかったらしい。ところが、いくらメールを送ろうとしてもうまくいかず、だんだんいらいらしてくるのがわかった。どうしたんですか、ぼくが見てあげましょうか、と声をかけたのはいいけれど、携帯《けいたい》がすごく古い機種で、中でカラカラ音がするので、どこかで落としませんでしたか、ときいてみた。

「この列車に乗る時、ホームで……」とその人は答えた。「手からするっと落ちちゃって。あなた、これ、もとにもどせない？　娘《むすめ》が双子《ふたご》の孫たちをつれて迎《むか》えに来てくれることになってるんだけど、何時間も待たせておきたくないのよ」

「ああ、でも、この電話はもうだめですね」ぼくはそう言って携帯《けいたい》を返した。「よかったら、ぼくのを使ってください。娘《むすめ》さんの番号、おぼえてますか？」

その人は番号をおぼえていたので、文章を打ちこんで送信ボタンを押《お》すと、待ち受け画面にもどした。そして携帯《けいたい》を返してよこす時、壁紙《かべがみ》にしている写真に気づいて手を止めた。その週末に撮《と》ったばかりの写真で、大学の文学部の校舎の前に立っているぼくは、気味が悪いほどの満面の笑《え》みを浮《う》かべていた。

「あら、いい写真！」おばあさんは言った。「こんなにうれしそうな顔をしてる人は、なかなか見かけないわよ。横にいる、このきれいな女の子はどなた？　ガールフレンドかしら？　この子もとってもうれしそう。ああ、わたしにもこういう時代があったわ。若いころはなにもかも楽しくって！」

ぼくは笑って携帯《けいたい》を受けとると、自分でもしばらく写真をながめ、あらためて思った。たしかに、ぼくらははじけそうな笑顔《えがお》を浮《う》かべている。つらい時期は、たぶん終わったんだろう。

「まさか、彼女《かのじょ》なんかじゃありません！」ぼくは首を横にふった。「これはぼくの姉です。姉さんのジェシカです」

謝辞

以下にあげた方々《かたがた》の、あらゆる助言と援助《えんじょ》に心から感謝します。ナオミ・コウルサーストをはじめとするペンギン・ランダム・ハウス社の児童書編集部のみなさん、サイモン・トレヴィン、エリック・シモノフほか、WMEのみなさん、そして惜《お》しみない献身《けんしん》と熱意で、わたしの作品を出版してくださっている世界中の出版社のみなさん、そしてもちろん、読者のみなさん、ありがとう。

作者あとがき

作家に対して与《あた》えうる最悪の忠告は、自分の知っていることについて書け、というものです。だれが、そんな制約されたことをやりたがるでしょう。わたしがものを書く理由のひとつは、ほかの人々《ひとびと》の人生を探《さぐ》ってみたいからです。自分が知らなかったことについて書き、その作業を通じて、テーマについての知識を深め、理解したことを可能なかぎり忠実に再現して読者にも理解してもらうことは、興味のつきない、やりがいのある仕事です。

わたしが若い読者むけに書いた作品には必ず、戦争や災難や遺棄《いき》などが原因で孤立《こりつ》する子どもたちが登場します。一般《いっぱん》むけに書いた本には、おのずとわたしの私的な部分が多く反映されていますが、若い読者にむけたものも同様です。今回わたしは、一人の子どもがジェンダー（社会的・文化的な性）や性的指向というやっかいな問題にどう向きあっていくのか、とくに、その問題がその子ども自身が直面しているものではなく、愛する人がかかえる葛藤《かっとう》であるケースを掘《ほ》り下げて書いてみたいと思いました。

わたしたちはみな、若いということ、そして、必死になって周囲に溶《と》けこもうとすることがどういうことか知っています。理由がなんであれ、自分だけが目立ってしまえば、まずい事態になりかねません。

いじめや孤立《こりつ》につながる恐《おそ》れがあるからです。また、すでにひどいあつかいを受けている人のために立ち上がるのもむずかしいことです。なぜなら、そういう人の味方をすると、自分もいじめにあうかもしれないからです。しかし、迫害《はくがい》されている人たちのために立ち上がらなければ、結局それは、わたしたちが迫害《はくがい》する側に回ることになります。いじめられている人たちによりそわなければ、わたしたちはいじめの共犯者です。どちらに立つか選んでください。どういう人間になりたいか選ぶのです。そして、その決断を胸に生きていけるようになってください。

トランスジェンダーであることがどういうことか、わたしは身をもって知っているわけではありませんが、まわりの人たちとちがうと感じながら成長していくことや、そのちがいがなにを意味し、それを人に明かすとどうなるのかを恐《おそ》れる気持ちは知っています。わたしはサムくらいの年齢《ねんれい》で、自分がゲイだと意識しはじめ、怖《こわ》くなりました。だれにもうちあけませんでしたが、それはだれもわかってくれないだろうと思ったからです。ジェシカの年齢《ねんれい》になっても、その事実を受けいれられず、友だちや家族にわかってしまうことを恐《おそ》れていました。その後、二十歳《はたち》くらいになって、もしこのままうそをついて生きていっても、決して幸せにはなれないだろうし、周囲の人たちが、ありのままのわたしを好きになってくれないのなら、正直、そういうやつらはとっととといなくなればいい、そう思ったのです。そこで、わたしは告白しました。みんなにうちあけました。すると、毎日が百万倍楽になりました。なぜなら、人はしばしば、驚《おどろ》くほどやさしく力強く、他者を支えてくれるものなのかがわかったからです。

この小説を書いている途中《とちゅう》で、トランスジェンダーの若者たちと話をする機会をもったのですが、彼《かれ》らの勇気もさることながら、その誠実さに、わたしは胸を打たれました。現実に、できるだけいつわりのない人生を、ありのままに、ほんとうの自分らしく生きたいと願う人たちがいるのに、そうするには相当の覚悟《かくご》が必要とされるのは、社会が、狭量《きょうりょう》なジェンダー分類にあてはまらない人に対して不寛《ふかん》容《よう》なことがあるからです。人は、自分が理解できないものを恐《おそ》れます。しかし、どんなことであれ、知識を身につけていけば、恐《おそ》れるものなどないことがわかっていくものです。

わたしはこの作品によって、若い読者のみなさんが、トランスジェンダーの若者たちのなみはずれた勇気について知り、その勇気はまた、人間のもつ賞賛すべき資質のひとつなのだと感じてくれることを願っています。

ジョン・ボイン

著者
ジョン・ボイン
John Boyne

1971年、アイルランドのダブリンに生まれる。トリニティ・カレッジで英文学を、イーストアングリア大学で創作を学ぶ。『縞模様のパジャマの少年』(岩波書店)は、30ヵ国以上で翻訳出版され、マーク・ハーマン監督により映画化された。そのほかの邦訳に『浮いちゃってるよ、バーナビー!』(作品社)、『ヒトラーと暮らした少年』(あすなろ書房)がある。

訳者
原田 勝
はらだ まさる

1957年生まれ。東京外国語大学卒業。英語圏の児童書・YA作品の翻訳を手がける。主な訳書に、『弟の戦争』『ウェストール短編集　真夜中の電話』(共に徳間書店)、『ハーレムの闘う本屋』(第5回JBBY賞[翻訳作品の部門]受賞/あすなろ書房)、『夢見る人』(岩波書店)など。

兄の名は、ジェシカ

2020年4月30日　初版発行
2021年3月30日　2刷発行

著者　ジョン・ボイン
訳者　原田 勝
発行者　山浦真一
発行所　あすなろ書房
〒162-0041 東京都新宿区早稲田鶴巻町551-4
電話 03-3203-3350(代表)
印刷所　佐久印刷所
製本所　ナショナル製本

ISBN978-4-7515-2947-8 NDC933 Printed in Japan